【日】滨田麻矢 著

高尚、乔亚宁 译

少女中国

"女学生"的一百年

生活·讀書·新知 三联书店

SHOJO CHUGOKU: KAKARETA JOGAKUSEI TO KAKU JOGAKUSEI NO HYAKUNEN
by Maya Hamada
©2021 by Maya Hamada
Originally published in 2021 by Iwanami Shoten, Publishers, Tokyo.
This simplified Chinese edition published 2025
by SDX Joint Publishing Co., Ltd., Beijing
by arrangement with Iwanami Shoten, Publishers, Tokyo

Simplified Chinese Copyright © 2025 by SDX Joint Publishing Company.
All Rights Reserved.

本作品简体中文版权由生活·读书·新知三联书店所有。
未经许可，不得翻印。

图书在版编目（CIP）数据

少女中国："女学生"的一百年 ／（日）滨田麻矢著；高尚，乔亚宁译. -- 北京：生活·读书·新知三联书店，2025.4.（2025.7重印）-- ISBN 978-7-108-07988-6

Ⅰ．I206.5

中国国家版本馆 CIP 数据核字第 2025Q73F33 号

责任编辑　卫　纯
装帧设计　鲁明静
责任校对　张国荣　张　睿
责任印制　董　欢

出版发行　生活·讀書·新知三联书店
　　　　　（北京市东城区美术馆东街22号 100010）

网　　址　www.sdxjpc.com
图　　字　01-2022-5582
经　　销　新华书店
印　　刷　河北松源印刷有限公司
版　　次　2025年4月北京第1版
　　　　　2025年7月北京第2次印刷
开　　本　635毫米×965毫米　1/16　印张16
字　　数　176千字　图14幅
印　　数　6,001－9,000册
定　　价　50.00元

（印装查询：01064002715；邮购查询：01084010542）

目录 Contents

序章　欢迎来到少女中国 / 1
  寻找 20 世纪的木兰 / 3
  少年中国的中国少年 / 5
  "我是青年！"那么，我呢？ / 8
  作为事业的"浪漫恋爱" / 14

第一章　"竟有这样的地方！"——陈衡哲与凌叔华笔下的女子学校 / 21
  女性友人的诞生 / 23
  以口语之形式，书写女子学校吧 / 25
  别把我和贤妻良母混为一谈 / 34
  即便如此，还是要回归家庭 / 42
  女学生的故事才刚刚开始 / 45

第二章　虽然用功读书了——鲁迅妻子许广平的内心纠葛 / 47
  文豪之妻 / 49
  邂逅之前 / 50

学生？助手？妻子？/ 53

"浮出历史地表" / 65

第三章　解不开的谜——自卑的沈从文 / 67

鲁迅笔下的新女性 / 69

沈从文笔下珍奇的女学生 / 74

"错过"了女学生的童养媳 / 77

恋爱中的沈从文 / 80

被唤醒的情欲 / 86

解不开的谜 / 89

第四章　蓝衣少女——张恨水和张爱玲笔下的理想女学生 / 95

新小说中的新女主人公 / 97

清纯装扮的女学生 / 99

被凝视与被消费的少女 / 103

理想的少女形象 / 107

蓝衣的季节 / 114

第五章　台湾少女的学校生活——杨千鹤的日语创作 / 117

同时期的台湾 / 119

"新女性"杨千鹤 / 120

从少女到少妇 / 124
　　在日本与日据台湾之间 / 131

第六章　"少女乐园"的远去——张爱玲的回忆和叙述 / 141
　　追忆女子学校 / 143
　　生前未发表原稿和《同学少年都不贱》/ 144
　　女学生叙事的谱系 / 150
　　女子学校这一空间 / 153
　　天真无邪的笑容 / 155
　　投向乳房的视线 / 158
　　描写的错位 / 162
　　潜在的酷儿描写 / 168

第七章　世纪末台湾的女学生——朱天心《古都》/ 171
　　战后台湾的历史与记忆 / 173
　　文学朱家与胡兰成 / 175
　　奇特的女学生故事《古都》/ 177
　　"兴"的美学 / 178
　　寻找"有可能成为那样"的自己 / 183
　　"你"——第二人称叙事的装置 / 189

第八章　在那之后的乌托邦——王安忆《弟兄们》/ 191
　　"文革"后的少女们 / 193
　　女"弟兄们" / 194
　　共和国女学生群像 / 196
　　变化的视点　循环的时间 / 198
　　强制的异性爱与乐园的解体 / 202
　　汹涌的潜流 / 205
　　降下的"天罚" / 210

终章　以爱情的名义——20世纪华语文学中的少女形象 / 215
　　"你要我怎么样呢？" / 217
　　作为"为己存有"的女学生 / 219
　　"我是我自己的？" / 222
　　"我是自愿的" / 225
　　比爱更强的信念 / 230
　　脱离异性恋 / 232
　　故事还在继续 / 235

后记 / 237

序章

欢迎来到少女中国

寻找20世纪的木兰

你知道传说中有一个叫木兰的少女吗？木兰的故事发生在6世纪的北魏时期。当时为了对抗入侵的外来部落，每个家庭都有一个人被征召为士兵。木兰考虑到体弱多病的父亲无法行军，于是便女扮男装，代替父亲加入了军队。后来，她带着卓越的军功回到家乡。但直到她退伍时，才有人意识到她原是女儿身……以上便是故事的原型。这个起源于一首作者不详的乐府诗的传说，成为各种故事叙述的原型和京剧、电影的素材，后又增加了木兰退伍后与战友结婚的浪漫情节。在迪士尼制作的动画电影《花木兰》和近年制作的真人版影片《花木兰》推出后，木兰已经成为世界知名的女英雄。

这个故事能够超越时代令人着迷，大概是因为女主人公在从军时隐藏自己的性别所带来的紧张感，以及她与战友之间产生的浪漫爱情。这两点也清晰地呈现出了中国女性前现代的形象。当时有一个严格的性别角色规范，即女性不能离开家庭。为了替父从军，木兰必须表现得像一个完美的男人。如果是在一个女性可以从军的世界里，作为故事核心的秘密就难以成立。此外，在战争结束后，脱去戎装的木兰嫁给了之前的战友。当木兰从粗犷的士兵恢复为正常的女性时，读者便放下心来，并对木兰寄予祝福。木兰女扮男装的行为只是实现孝道的临时手段，目的达成之后她必须毫不犹豫地恢复女性身份。在这里有一个前提，那就是女性的最终归宿仍然是家庭。木兰的传说，说到底是一个撼动了性别角色规范的女主角，最终安全地回归家庭的故事。

在这本书中，笔者想要追寻20世纪中国的木兰。这些渴望在传统的性别角色规范之外生活，并且进行了尝试的少女的故事，是如何发生的呢？少女们在踏入被认为属于男性的领域进行冒险之后，是否都像木兰一样回归了家庭呢？

被视为中国女性主义批评的先驱著作——孟悦和戴锦华合著的《浮出历史地表》一针见血地指出，前现代的中国女性只被允许走木兰走过的两条路。一条路是伪装成男人，在前线立功，吃朝廷的俸禄——放弃女性身份，通过模仿男性来融入体制；另一条路是脱去戎装，进入家庭，作为妻子和母亲守护家庭的安宁——履行被认为是女性本分的职责。如果偏离了这两条路，那么便意味着"女性便只能是零，是混沌、无名、无意义、无称谓、无身份，莫名所生所死之义"[1]。

近现代以来的中国女性是否已经能够自由地进入社会，而不需要掩饰自己的性别？如果是这样，她们的道路是什么？为了解答这些问题，让我们先来看看清末以来中国文学的现代化历程吧。在这之后，笔者将展示一幅考察少女冒险故事的图景。

---

[1] 孟悦、戴锦华：《浮出历史地表——现代妇女文学研究》，郑州：河南人民出版社，1989年，第23—24页。

少年中国的中国少年

1900年，二十七岁的思想家梁启超（1873—1929年）在流亡日本时发表了《少年中国说》一文。此时正是由于戊戌变法失败，他被慈禧太后政权通缉的两年后。文章传播到被列强欺凌并被称为"睡狮"和"老大帝国"的祖国，梁启超的"吾心目中有一少年中国在"这一热情的呼唤引发了巨大的反响。[1]《少年中国说》的论点首先从比较老年人和少年人的区别而展开：

> 老年人如夕照，少年人如朝阳。老年人如瘠牛，少年人如乳虎。老年人如僧，少年人如侠。老年人如字典，少年人如戏文。老年人如鸦片烟，少年人如泼兰地酒。老年人如别行星之陨石，少年人如大洋海之珊瑚岛。老年人如埃及沙漠之金字塔，少年人如西比利亚之铁路。老年人如秋后之柳，少年人如春前之草。老年人如死海之潴为泽，少年人如长江之初发源。

在用了一连串的比喻比较了老年人和少年人的区别之后，这两个形象又被叠加到国家和民族身上。中国究竟是一个气息奄奄的老年人，

---

[1] 梁启超：《少年中国说》，《清议报》第35册，1900年。本书所用文本引自台北成文出版社的影印版《清议报》第5册，1957年，第2267—2274页，署名任公。除此之外，《少年中国说》及青年的形象参考了梅家玲：《20世纪中文小说的青春想象与国族论述》，台北：麦田出版，2013年，第33—74页，以及Song, Mingwei. *Young China: National Rejuvenation and the Bildungsroman, 1900-1959*, Cambridge, MA: Harvard University Press, 2015.

还是一个有前途的少年人呢？梁启超给出的回答是，它并不是一个"国家"，而只是一个不断重复生死轮回的"朝廷"。的确，过去的王朝就像人一样出生、成长、衰落和灭亡：

> 一朝廷之老且死，犹一人之老且死也，于吾所谓中国者何与焉。然则，吾中国者，前此尚未出现于世界，而今乃始萌芽云尔。天地大矣，前途辽矣。美哉我少年中国乎！

这种对"年轻"的重视在中国是前所未有的。留美学者宋明炜指出，传统的儒家思想将年轻人定义为应该表现出对老人的孝顺和服从的人。而试图改变长幼之间权力关系的行为总是被视为非法的。[1] 在前现代中国，年轻人反抗年长者并实现超越和成长的文学是不被需要的。年轻人是归顺于父权制的人，他们被期望成为以父权制为首的家庭等级制度的继承者。直到18世纪的长篇小说《红楼梦》中，才终于出现年轻人想反抗并逃离家庭制度的迹象。

台湾学者梅家玲指出，以儒家道德为基础的中国文明一直以来都是"重老轻幼"的，但梁启超的这一理论最终使得"少年"作为时代的主角进入了人们的视野。[2] "青春/年轻人才是社会变革的主体"这一价值观的诞生，是史无前例的。

《少年中国说》以"美哉我少年中国，与天不老！壮哉我中国少年，与国无疆"这一句结尾。由此，"少年中国"和"中国少年"被紧紧

---

[1] Song, op. cit., p. 14.

[2] 梅家玲：《20世纪中文小说的青春想象与国族论述》，第34页。

地联系在一起,年轻人和民族国家也融为一体。

1912年清朝灭亡,中华民国成立。在这之后不久,为国家建设做出贡献的"中国少年"形象,开始被设想为"新青年"[1]。其来源是1915年在上海发行的《青年杂志》。不久之后,更名为《新青年》的这一杂志,高举"民主"和"科学"的旗帜,提倡用白话文对文学进行革新,并对儒家思想进行批判。在主编陈独秀的带领下,胡适、鲁迅、钱玄同、周作人等进步文学家和思想家发表的文章,使全国各地的青年为之振奋。这一系列的启蒙教育后来被称为新文化运动。1918年鲁迅(1881—1936年)于该杂志发表的第一部白话小说《狂人日记》,不仅对儒家社会进行了根本性批判,还为文学革命提供了实质性内容。

1919年第一次世界大战结束后,巴黎和会承认了日本在中国的权益,由此北京爆发了以学生为领导的游行示威活动。5月4日,学生们采取了火攻行动,要求拒绝承认《凡尔赛和约》并惩治卖国官僚。政府逮捕了三十多名学生,这使得游行示威活动反而蔓延到全国。最终,政府被迫拒绝正式签署和约。

以上是对被认为是中国现代化起点的五四运动的概述。再加上《新青年》倡导的新文化运动为这些抗议活动铺平了道路,所以狭义的五四运动常常与新文化运动结合起来,并被称为五四新文化运动。

让我们回到《新青年》的前身,即《青年杂志》发刊的话题上来。陈独秀的发刊词《敬告青年》[2]和《少年中国说》一样重视年轻人的价值:

---

[1] 梅家玲:《20世纪中文小说的青春想象与国族论述》,第5—36页。
[2] 《青年杂志》第1卷第1号,1915年1月15日。

青年如初春，如朝日，如百卉之萌动，如利刃之新发于硎，人生最可宝贵之时期也。青年之于社会，犹新鲜活泼细胞之在人身。

青春的美好及只有青年才能振兴社会等新型价值观被展现出来，成为新文化运动的催化剂。那么在文学作品中，像这样被创造出来的"积极主动的青年"和"参与国家建设的青年"是以怎样的方式被书写的呢？这种"青年"的概念真的能够摆脱性别角色规范的制约吗？

"我是青年！"那么，我呢？

从20世纪20年代到40年代，五四新文化运动的代表作家巴金（1904—2005年）吸引了许多年轻人的目光。他的早期代表作《家》[1]戏剧性地描述了在成都的一个世袭大家族中长大的主人公高觉慧，通过《新青年》接受了五四新思想的洗礼后，离家并前往上海的过程。前面提到的宋明炜将"通过一个试图改变自己人生及国家命运的新时代青年，来描绘个人成长和社会改革的现代前景"的长篇小说定义为"中国式的成长小说"，而《家》就被列入其中。[2]主人公努力使自己和社会共同成长的态度，体现了梁启超所倡导的"中国少年"和"少年中国"

---

[1] 巴金：《家》，上海：开明书店，1933年。本书所用文本引自《巴金全集》第1卷，北京：人民文学出版社，1986年。以下引用部分的（ ）中标有具体页码。

[2] Song, op. cit., p. 7.

之间的关系。"成长小说"的概念于18世纪在德国被确立。德国文学研究者北原宽子指出,这一概念的产生背景是"人类变化过程的内部因素也可以成为小说的主题的发现",并得出成长小说"应被视为成长故事的一种类型"的结论。[1]在此,可以认为成长小说是"一个年轻的主人公受到外部因素影响的同时,内部也在变化(成长)的故事"。

《家》于1933年出版后,立即受到年轻读者的追捧。在小说的前半部分,高觉慧被屠格涅夫《前夜》中的一句话所吸引,并朗读了这句话[2]:

> 我们是青年,不是畸人,不是愚人,应当给自己把幸福争过来。

这是在长篇小说《家》中最脍炙人口的台词,虽然在原著《前夜》中是非常不起眼的一句话,却在巴金的《家》中发挥了重要的作用。正是这句话在觉慧遭遇人生中的最大危机时——他所暗恋的婢女鸣凤投湖自尽——把他从绝望的深渊中拯救出来。

鸣凤被高家的家长、觉慧的祖父强迫成为一个老色鬼的小妾。当鸣凤试图向觉慧坦白她的痛苦时,觉慧因正全神贯注于他的手稿而无暇顾及她的倾诉。在绝望中,鸣凤投湖自尽了。未能及时意识到鸣凤

---

[1] 北原寛子:「20世紀におけるビルドゥングスロマン概念の共通見解形成過程とその問題について」,『小樽商科大学人文研究』第132辑,2016年,第155—177页。

[2] 根据巴金自己的注释,沈颖的同名译本于1921年8月由商务印书馆出版,但在小说中的登场却早了大约十个月。同前述《家》,第101页。

苦恼的觉慧陷入了自暴自弃中。而就在此时，二哥觉民把弟弟素爱的句子读给觉慧听：

> 觉民并不直接答复他，却念道：
> "我是青年，我不是畸人，我不是愚人，我要给自己把幸福争过来。"
> 觉慧不作声了。他脸上的表情变化得很快，这表现出来他的内心的斗争是怎样地激烈。他皱紧眉头，然后微微地张开口加重语气地自语道："我是青年。"他又愤愤地说："我是青年！"过后他又怀疑似地慢声说："我是青年？"又领悟似地说："我是青年。"最后用坚决的声音说："我是青年，不错，我是青年！"

"青年是把幸福掌握在自己手中的人"这一革命性的宣言，意味着基于儒家伦理而把人生选择权交给家长的年轻人，有权利决定自己的生活。"我是青年"这一意识拯救了为所爱少女的死亡而自责的觉慧，并使他决心与所有罪恶的根源，即世袭的家庭制度做斗争。

除此之外，这种"幸福要靠自己掌握"的决心让人想起了鲁迅唯一的恋爱小说《伤逝》[1]（1926年）中的女主人公，这篇小说比《家》早发表七年。

《伤逝》的故事发生在经历了五四运动的振奋，但仍然被保守的

---

[1] 创作于1925年11月，首次发表于小说集《彷徨》，北京：北新书局，1926年。本书所用文本引自《鲁迅全集》第2卷，北京：人民文学出版社，2005年。以下引用部分的（）中标有具体页码。

空气所支配的北京。叙事者涓生爱上了一个与他描述的理想产生共鸣的新女性——子君。子君拒绝让家长决定她的未来，并在宣布"我是我自己的，谁也没有干涉我的权利"（第115页）后，成为涓生的伴侣。涓生和子君二人像"过家家"一样开始了同居生活。但由于同居行为而被剥夺了工作的涓生，渐渐感到他对子君的爱随着生活变得不那么舒适而消磨殆尽。在被涓生告知"我已经不爱你了"之后，子君悄悄地离开了北京，没有留下任何字迹。最终涓生从同乡的朋友那里得知了子君在回家不久后去世的消息，他十分震惊。这个故事采用了收到讣告的涓生将事情的始末写成手记的形式。

在这里，宣言相同的决心——自己的未来由自己决定——《家》中的觉慧和《伤逝》中的子君结局的巨大差异值得我们关注。正如前面所提到的那样，觉慧因为"幸福要靠自己掌握"而从失去他心爱的鸣凤的痛苦中站起来。然而，尽管子君宣称"我是我自己的"，她最终还是无法"通过自己掌握幸福"。或许她与因爱殉情的鸣凤更为接近。

在跳入湖中之前，鸣凤这样想：

> 永远有一堵墙隔开他们两个人。他是属于另一个环境的。他有他的前途，他有他的事业。她不能拉住他，她不能够妨碍他，她不能够把他永远拉在她的身边。她应该放弃他。他的存在比她的更重要。她不能让他牺牲他的一切来救她。她应该去了，在他的生活里她应该永久地去了。

鸣凤从女主人那里学习读书识字，获得了寻常丫鬟无法具有的文化教养，而正是鸣凤的这种教养与向学心，使高家的少爷觉慧爱上了她。[1]然而遗憾的是，鸣凤并不能与觉慧共享"我们是青年，应当给自己把幸福争过来"这一价值观。在鸣凤的世界里，她可以"自己争过来"的东西，至多不过是自杀这一种选择罢了。

为了推进恋人的事业，自己便必须离去，鸣凤的这种决意与鲁迅《伤逝》中涓生的独白可谓互为表里。因与子君同居而失去职务后，涓生开始觉得"其实，我一个人，是容易生活的"。而他的思考从"只要能远走高飞，生活还宽广得很。现在忍受着这生活压迫的苦痛，大半倒是为她"，发展到"我觉得新的希望就只在我们的分离"，"她应该决然舍去"，最终演化为三度"想到她的死"，甚至是期待着子君的死亡。

也就是说，自由恋爱被赞美与称颂的同时，对当时青年人的事业而言，"恋爱（以及恋人）也变成了一种枷锁"的叙事也由此悄然而生。当《家》中觉慧得知鸣凤要给人做妾的消息时，尽管他感到了莫大的冲击，但他并未打算为挽回她而抗争到底，并且以"青年人的献身热诚"为借口，决心埋葬自己与鸣凤的爱情。实际恰在此时，鸣凤已然自沉湖底。

《家》中对觉慧而言所谓的"前途与事业"与《伤逝》中涓生所追求的"别的人生的要义"其实是同样的东西。觉慧也好，涓生也罢，都认为自己正是梁启超所号召的"中国少年"，陈独秀所鼓舞的"新青年"。他们虽然想要果敢地实践自由恋爱，但最终把作为"中国少年"的一员自觉地承担贡献社会的责任并继续自己的人生，置于首要位置上。

---

[1] 关于鸣凤选择自绝的心理，详细可参考河村昌子：「巴金『家』論——鳴鳳の物語」，『お茶の水女子大学中国文学会報』第13号，1994年4月。

然而鸣凤或子君又将何去何从呢？她们从各自的恋人那里学习五四新思想，并坚信这种新思想的意义。然而她们成不了想象中时代呼唤的"中国少年"或"新青年"，最终只能为恋爱殉死。于是下列的假设油然而生——"中国少年"或"新青年"概念难道不是潜在的仅以男性为中心而塑造出的吗？鸣凤或子君至多也只能算是"新青年"的同伴罢了，自始至终她们都未被期待成为可以令社会革故鼎新的旗手。

如果一边以"中国少年"或"新青年"这些柔软而又充满力量的词语鼓舞全国青年人，一边却是以性别为标准来选拔肩负国家使命的新人选，并且青年人在无意识中接受了"为事业而生的男性""为爱而生的女性"这种性别角色的固设的话，那么对于少女们而言，开篇提到过的木兰所实践的两条路之外的生活方式终究仍是被禁止的。

笔者在解读20世纪小说所描摹的中国少女群像的同时，也试图让"少女们的中国"这一被"少年中国"的阴影所长期遮蔽的文学叙事模式浮出水面。[1] 在（男）青年们面向世界计划着自己的事业，为促进国民国家的发展而竞相奔走之时，（女）青年则被要求承担起治愈、鼓励他们高效战斗的这一社会新角色。尽管同样追求着"新青年"理想，但确知自己并非当事者（主人公）的少女们的绝望与挣扎，在20世纪的小说中是如何被刻画的呢？为了抓住在光辉的"少年中国"的阴影下不可见的"少女中国"的姿态，下面让我们来试着追寻"中国少女"们的足迹。由于摆脱了木兰的两条道路（彻底地模拟男性角色或彻底地回归家庭），要挖掘曾经被视作"零、混沌、无名、无意义"的她们的故事，就必须从异于少年成长小说的角度展开一系列的探索。

---

[1] "少女中国"的构想受到了孟悦、戴锦华以及宋明炜的启发。

作为事业的"浪漫恋爱"

如果宋明炜所批评的中国式成长小说实际上并不涵盖少女们的文学故事的话,那么"少女中国的中国少女"故事要到何处去找寻呢?

很多英美文学的先行研究都曾指出,成长小说根据主人公性别(大多数情况下与作者的性别一致)的不同,会呈现出完全不同的样貌。安妮斯·普拉特认为,所谓的女性成长小说并不像男性成长小说一般描写"向上发展"的范式,反而表现出女性根据社会的要求"向下低垂"的过程。[1] 如若将少女压抑自己的个性、遵从世间性别规范的行为称作"向下低垂"的话,那么曾经征战沙场的木兰卸甲还家、嫁为人妻的道路正与之相符。

在经典成长小说马克·吐温的《哈克贝利·费恩历险记》(1884年)中,主人公哈克贝利通过主体的冒险挣脱了所有的束缚,追寻着自由,逐渐成长起来。而与之相对,作为"从少女到女人的成长小说"的名作,在夏洛蒂·勃朗特的《简·爱》中,为主人公的成长带来决定性影响的却是她与罗切斯特(雇用简·爱为家庭教师的主人)之间的恋爱、结婚。诚如夏洛蒂的描写,女性的成长小说一向与她们的婚姻问题关联起来。较之女性主人公自身的内在成长,她与谁结成浪漫的恋爱关系这件事情本身,往往才是促进其自我意识形成的必要因素。

让我们再回到关于《家》与《伤逝》的话题。鸣凤与子君这两个少女所实践(但未遂)的五四新思想与自由恋爱几乎同义,而她们最终也为这一崭新的思想感情而殉死。对她们来说,事业不外乎与异性"结

---

[1] Pratt, Annis. *Archetypal Patterns in Women's Fiction*, Bloomington: Indiana University Press, 1981, p. 14.

成浪漫的关系",然而两人的恋爱冒险都无一例外地以失败告终。

随着五四新文化运动的展开,"浪漫的关系"涌入中国,而这正是笔者将重点展开研究与讨论的话题。浪漫的关系究竟意指什么?历史学家申克认为浪漫主义恋爱观是"男性与女性完全且和谐的结合"。完美恋爱的条件包括性冲动与精神恋爱保持一致,并且恋爱的对象永远是"某一特定的异性"[1]。

这种将"(异性)爱、性、结婚"的三位一体视作"真爱",并将一夫一妻制(monogamous)的延续绝对化的观念形态,被社会学研究命名为浪漫恋爱的意识形态。[2]吉登斯认为"在浪漫之爱的依恋中,崇高爱情的要素往往容易压制性激情的要素",并且将浪漫之爱引申为在"本质上是一种女性化的爱"。[3]千田有纪定义道:"爱情、性、生殖以结婚为媒介,实现了一体化。"[4]笔者将其概括为浪漫恋爱的意识形态。如千田所言,"由于追求(浪漫恋爱的意识形态)以结婚为媒介的这三者的一体化,无爱的婚姻、无爱的性体验、婚外性关系、

---

[1] Schenk, H. G. *The Mind of the European Romantics: An Essay in Cultural History*, London: Constable, 1966, 本论参见生松敬三・塚本明子訳:『ロマン主義の精神』,東京:みすず書房,1975年,第194—208頁。

[2] McGann, Jerome J. *The Romantic Ideology: A Critical Investigation*, Chicago, IL: University of Chicago Press,1983,以及Ben-Ze'ev, Aaron and Goussinsky, Ruhama. *In the Name of Love: Romantic Ideology and its Victims*, Oxford: Oxford University Press, 2008。

[3] Giddens, Anthony. *The Transformation of Intimacy: Sexuality, Love and Eroticism in Modern Societies*, Palo Alto, CA: Stanford University Press, 1992. 本论参见Anthony Giddens著,松尾精文、松尾昭子訳:『親密性の変容——近代社会におけるセクシュアリティ、愛情、エロティシズム』,東京:而立書房,1995年。本书参照文本引自第63—76頁。

[4] 千田有紀:『日本型近代家族——どこから来てどこへ行くのか』,東京:勁草書房,2011年,第16頁。

婚前性行为、私生子的困局、不愿接受非亲生子女、虽结婚但不愿生育等现象，都被视作不自然的存在，成为可以被非难的对象"。可以说，浪漫恋爱在作为一种革命性的"崇高的爱情"受到赞美的同时，它也对异己的爱情关系加以否定与攻击，事实上具有极其强烈的排他性。

前文提及的浪漫恋爱是经由日本传入中国的概念。[1]在"爱"之前，"情"才是常用来形容男女之间羁绊的词语。例如，通过翻译小仲马的《茶花女》及德富芦花的《不如归》等外国小说而在清末文坛引发强烈反响的翻译家林纾曾有言道："小说之足以动人者，无若男女之情。"[2]然而在清末小说中泛滥的"（男女之）情"不过被视作维系国家或政治等"宏大叙事"的纬纱，作为文学的主题，并没有什么重要价值。[3]这是因为一方面"男女之情"与肉欲难分难解，并不仅仅从狭义上指涉精神上的羁绊；另一方面也因为"男女"同"国家""天下"相比，只不过是一个处于相当下位的概念罢了。

作为love的译文，"爱"这一词语在中国被使用和接受的过程也经历了几次转变。李欧梵指出19世纪末至20世纪30年代的这段时间，被中国文学传统所轻视的爱情开始作为重要的主题浮现出来。[4]这也是传统文人蔑视的"儿女私情"摇身一变为"恋爱"这种崇高感情的历程。但在曾将"忧国"视作最大主题的中国文学中，要把"恋爱"这一问

---

[1] 杨联芬：《浪漫的中国：性别视角下激进主义思潮与文学（1890—1940）》，北京：人民文学出版社，2016年，第2页。

[2] 林纾：《不如归·序》，上海：商务印书馆，1908年。

[3] 陈平原：《二十世纪中国小说史·第一卷（1897—1916）》，北京：北京大学出版社，1989年。

[4] Lee, Leo ou-fan. *The Romantic Generation of Modern Chinese Writers*, Cambridge, MA: Harvard University Press, 1973.

题纳入必须描写的对象尚需时日。

刘剑梅[1]通过细致分析20世纪20年代后在"革命加恋爱"这一标语下创作的一系列小说,揭示了在民族主义的外衣下讲述关于"爱"这一极其个人化经验的可能。近年来,杨联芬[2]从性别研究的视点出发,详细梳理了当基于自由意志的男女交际被社会伦理肯定时,女性角色所面临的处境与困惑。

笔者在解读中国少女的过程中,参考上述从中国现当代的"情/爱"或性别概念出发的先行研究成果的同时,将考察的焦点放在那些新文化运动以后出现的形象上。经过新文化运动的洗礼,中国的少女们也如《伤逝》中的子君一般渐渐拥有了"我是我自己的"这种思想观念。那么她们是怎样面对恋爱这一难题,而小说又是如何描绘她们的姿态的?笔者试着追寻中国少女们冒险的足迹。当然中国少女们的故事多是由女性创作出来的。女作家们投射着自己少女时代的经验,其所创造出来的女主人公与男作家描绘的那些"理应成为青年伴侣的少女"或许不尽相同。

因此,笔者将有意识地让不同的文本展开对话。从"独立自主的男性"与"为爱殉死的女性"的角度对巴金《家》与鲁迅《伤逝》进行比较的尝试正是其中的一例。通过聚焦各文本中少女的故事,模糊和疏远小说原本的"宏大叙事"主题。在波澜壮阔的成长小说《家》中描写了中国少年高觉慧的觉醒与反抗。如若从中将鸣凤自杀这一情

---

[1] Jianmei, Liu. *Revolution Plus Love: Literary History, Women's Bodies, and Thematic Repetition in Twentieth-Century Chinese Fiction*, Honolulu HI: University of Hawaii Press, 2003.

[2] 杨联芬:《浪漫的中国:性别视角下激进主义思潮与文学(1890—1940)》,第2页。

节抽出并着重分析的话，我们可以看出：觉慧所关心的青年必须承担的"事业"，与鸣凤所追求的"事业"实则大相径庭。笔者期望通过越过"少年中国"叙事这片"森林"，关注少女表象这棵"秀木"，探究和剖析文本中无意识显现出的性别之不对称性。

在考察以民国时期（1912—1949年）为主的少女故事后，可以发现其中有一些小说可以起到文化叙事标尺的作用。这些作品在本书多个章节中被提及：庐隐《海滨故人》[1]、鲁迅《伤逝》（1926年），以及丁玲《我在霞村的时候》。[2] 至于为何说它们起到了标尺的作用，首先在此做提前的说明。

《海滨故人》是一部以北京女子高等师范学校为舞台的中篇小说，作品中描绘了以庐隐为原型的主人公露沙等五位好友在毕业前后的生活。虽然学业愈精进，友情愈深厚纯粹，然而她们仍感到日渐忧郁。尽管接受了女性可以享有的最高等教育，但她们无法想象自己作为出众的人才为社会贡献光热时的模样。在她们之中，也有人在体验过最新潮的自由恋爱后，做出了步入婚姻的选择。然而对于这种选择，朋友们并未给予祝福，反而眼含泪光"悼念"离去的盟友。在女学生的故事中，一个重要的核心是同性友人间强烈的依恋与对毕业的厌恶，而这一点在《海滨故人》中则足可窥见。

如前所述，《伤逝》是鲁迅唯一的恋爱小说。女主人公子君至死

---

[1] 庐隐：《海滨故人》，《小说月报》第14卷第10号，1923年10月。本书所用文本引自《庐隐全集》第1卷，福州：福建教育出版社，2015年。

[2] 丁玲：《我在霞村的时候》，《中国文化》第3卷第1期，1941年6月。本书所用文本引自《丁玲全集》第4卷，石家庄：河北人民出版社，2001年，第214—233页。

都在践行自由恋爱的理想,她坚定地宣告"我是我自己的",并勇敢地接受了涓生的求爱。如果是基于上文提到的女性版成长小说理论的话,那么即便得出了子君是由于与"命定之人"涓生结成了浪漫的恋爱关系才实现了自我形成这一结论也毫不奇怪,但鲁迅并未给两人一个圆满的结局。当涓生因同居而失去职位感到走投无路后,在他眼中子君"变成了一个无聊的女人",一个可以抛弃的存在。为自由恋爱这一崭新而崇高的价值赌上自己人生的子君,却被自己"命定之人"背叛;被打上"放荡堕落的女人"烙印的她,唯有走向毁灭。于女性而言,浪漫的爱情是绚烂理想的同时,也存在着变为致命陷阱的风险,并且失败的代价却只能由女性一人承担。在这个意义上,小说《伤逝》可谓中国最初揭示上述困境的重要作品。

1941年,丁玲(1904—1986年)于延安写下了《我在霞村的时候》,小说的时空背景是抗战时期的革命根据地。作为知识女性的叙述者"我"在前往霞村修养身体时,认识了曾是日军慰安妇的贞贞,而贞贞的真实身份是共产党安插在日军中的情报人员。罹患性病的贞贞返回故乡霞村,却遭遇到来自村民乡党们的窥探、好奇与种种非难。然而面对战前的恋人夏大宝时,贞贞出人意料地拒绝了他的求爱,并决定奔赴革命根据地延安。见证这一切的"我"支持贞贞的选择,并在心中期盼着与她在延安再会。这部作品与《伤逝》相反,着重表现了选择"不结婚"的少女,和对促成这一自我抉择发挥重要作用的同性友人之间的情谊。

本书的关键词为"少女的自我决定""作为一种理想/强制观念的浪漫恋爱""女性同伴的情谊"。特别需要注意的是,浪漫恋爱并非想象中那样单纯的问题。让我们通过解读不同的文本，来观察从父家出走后的少女是如何决断自己的人生，而恋爱在此过程中又产生了怎样的影响。

中国少女们的冒险故事有着不逊色于少年小说的丰富性。

第一章

『竟有这样的地方！』
——陈衡哲与凌叔华笔下的女子学校

女性友人的诞生

如果没有女子学校，那么中国文学中也不会有描绘少女间友谊的作品。尽管自古以来友情就是中国文学重要的主题之一，但古代文学作品所描绘的友情大多限于男性知识分子之间的交流。自古以来被称作士大夫的男性知识群体通过互相交流政治与文学等理想，慰藉彼此的不遇与惆怅，形成了坚固的同性团结的场域。他们的友情被视为超越时空并蕴含精神价值的存在。而与之相对的是，女性的交友范围则被圈定与缩小至极其私人的范围内。

关于中国古代文学中女性同性之间的交流，《红楼梦》可谓是浅显易懂的典型。一切都形成鲜明对照的黛、钗二人虽然渐渐心意相通，但那也只是以宝玉的血缘为媒介的"姐妹"关系罢了。甚至如林黛玉和紫鹃、王熙凤和平儿式的女主人与侍女之间的主从关系，都被描绘成一种强烈的连接。古典文学热衷于刻画名门小姐和其贴身丫鬟，并且常常突出表现二者之间紧密的连带关系。然而这些纽带都与诸如《三国演义》中描绘的男性之间心忧国家、畅谈天下大事的友情截然不同。

虽然到了19世纪，中国开始出现所谓的闺秀作家，她们通过诗作来加深彼此的羁绊，但这也只是极其少见的情况。[1]于少女们而言，要想在平等的立场上结交朋友，一个远离家庭，能将她们聚集起来的场所不可或缺。当没有血缘关系，更没有任何主从关系的少女们逐渐可以在女子学校中度过集体生活时，前所未有的"女性友人的故事"才终于开始被讲述。

根据深耕于近代中国"女学小说"的黄湘金的详细研究，最早涉及"女学生"的中国小说应是梁启超在1902年开始创作的《新中国未来记》。这本以矢野龙溪的《经国美谈》，以及东海散士的《佳人之奇遇》等日本政治小说为范本的作品，尽管才连载五回就中断了，但从开篇模仿这些小说让志士与佳人登场的构想便可见一斑。小说主人公（志士）心怀社会改革的远志，他将"胆气、血性、学说皆过人。现往欧洲拟留学瑞士"的女学生作为潜在的志同道合者推荐给朋友。遗憾的是，书中虽暗示了这位佳人的存在，但她实际并未登场。以这本小说为首，清末政治小说中出现的女学生往往都被塑造成有留学经验的人物。一是因为国内的女子教育尚未普及，二是因为政治小说有将登场人物设定为强者的倾向，更容易选择有海外生活经验的留学生作为创作的原型。[2]

---

[1] Widmer, Ellen. *The Beauty and the Book: Women and Fiction in Nineteenth-Century China*, Cambridge, MA: Harvard University Press, 2006. 本书所用文本引自马勤勤的译本《美人与书——19世纪中国的女性与小说》，北京：北京大学出版社，2015年。

[2] 黄湘金：《史事与传奇——清末民初小说内外的女学生》，北京：北京大学出版社，2016年，第55页。《新中国未来记》第五回收录于《新小说》第七号。根据夏晓虹的《阅读梁启超》（北京：生活·读书·新知三联书店，2006年，第299页），刊行时期至早也应该是在1904年1月7日以后。

总而言之，因为成大事的女性——借孟悦、戴锦华的话来说，就是身着男装出征的木兰一样的少女——其形象与家庭内的女性并不相符，因此作者常常在身赴海外、别具一格的女性中寻找原型。实际上，在《新中国未来记》出版的数年之后，由于曾在日本留学的女性革命家秋瑾（1875—1907年）遭到斩首，许多小说都戏剧性地描写了过激派的美女学生，以及她们所遭到的刑罚。[1]

不过，出洋留学的女学生并非都成了像秋瑾一样的革命烈士。接下来要介绍的作家陈衡哲（1890—1976年）在她的小说中介绍了自己在美国学校的生活，但其中丝毫没有秋瑾那般悲壮的觉悟。

下面笔者将对陈衡哲的《一日》（1917年）这篇小说中所描绘的美国女子学校的生活，展开详细的考察。其后，笔者也希望将视线投向女子教育开始在中国扎根时出现的小说。女学生自身是如何讲述女子学校这一空间及女性友人的呢？要想考察这个问题，较陈衡哲晚一辈的凌叔华（1900—1990年）的短篇小说《小刘》（1929年）无疑是合适的文本。那么，女子学校这一浓密的空间究竟为少女们的成长赋予了何种意义呢？

以口语之形式，书写女子学校吧

如果说成为文学革命先声的白话文小说，是序章中曾介绍过的鲁迅《狂人日记》（1918年）。那么，此前一年的6月，在美国刊行的

---

[1] 夏晓虹：《秋瑾文学形象的时代风貌——从夏衍的话剧到谢晋的电影》，《中国现代文学研究丛刊》第4期，2009年。

中文同人杂志《留美学生季报》上，女留学生陈衡哲则发表了以《一日》为题的白话文小说。首先，让我们来读一读小说最初发表时所添加的文言文序言：

> 著者按，一国之风俗习尚，惟于琐处能见其真。而美国女子大学之日常情形，又多为吾国人所欲知而未能者。因以年来在藩萨校中身历目击之种种琐节、杂叙而为是篇。志在写实而已。非有贬褒之意存于其间也。且读者当知此篇所重特在琐节。大学中之重要目的、学生中之重要人物，又皆非此处之所能及耳。

陈衡哲赴美留学的过程并不简单。[1]在热心于教育的舅舅的影响下，陈衡哲十三岁时便只身离开故乡江苏，期望借助广东亲戚的帮助进入学校。然而当地没有一所学校愿意接收如此年幼的她。此后，陈衡哲前往上海，但在女子教育制度尚为空中楼阁的情况下她也未能实现进学的愿望。在此之后，她挣脱了父亲安排的包办婚姻，通过姑母的帮助在乡下做起了老师。在这一山穷水尽的时期，女学生的美国留学推荐事业成为她人生的重要转折点。在1914年，陈衡哲乘船前往美国，次年进入瓦萨大学。这段在美留学的经历也成为其小说《一日》的素材。

---

[1] 以下关于陈衡哲的传记事项参考了Nan-hua, Chen. *Autobiography of a Chinese Young Girl*, Peiping: publisher not identified, 1935, 以及陈衡哲著，冯进译：《陈衡哲早年自传》，合肥：安徽教育出版社，2006年。

正如序言所说,《一日》与其说是小说,不如说是一种白描,它的主题也不是梁启超在政治小说中提出的那种家国大事。那么陈衡哲直言"惟于琐处能见其真",并且强调这篇小品"所重特在琐节"的原因到底是什么呢?并且在白话文小说尚未出现的时代里,她为何想要发表以会话为中心的小品文呢?在探究这些问题之前,让我们试着先回到记录瓦萨大学的平凡一日的文本中,将视线聚焦于中国留学生张女士登场的那个片段:

钟指六下半。学生陆续自餐室中走出。

爱米立走近一个中国学生张女士前说:"你肯同我跳舞吗?"

张:"很情愿。不过我跳舞得不好。"

爱米立:"你们在中国也跳舞吗?"

张:"不。"

爱米立:"希奇,希奇!那么你们闲空的时候做些什么呢?——你喜欢美国吗?——你思家吗?"

张女士未及答,学生已渐渐聚近,围住张女士,成一半圈。

贝田:"你们在家吃些什么。有鸡蛋么?"

张:"有。"

玛及:"那么你们定也有鸡了,希奇希奇!"

梅丽:"我有一个朋友,他的姑母在中国传教,你认得她吗?"

路斯:"我昨晚读一本书。讲的是中国的风俗,说中国人喜欢吃死老鼠。可是真的？"

幼尼司："中国的房子是怎样的？也有桌子吗？我听见人说中国人吃饭、睡觉、读书、写字，都在地上的确吗？"

亚娜："你有哥哥在美国吗？我的哥哥认得一个姓张的中国学生，这不消说一定是你的哥哥了。"

张女士一一回答。

爱米立："你不讨厌我们问你说话？"

张："一点也不。"

爱米立："请你教我们几句中国说话，好吗？"

张："很好，比如你见了人，你就说'侬好拉否'。"

爱米立："这个很容易，'侬好拉否'，还有呢？"

张："他就说，'蛮好，谢谢侬'。"

爱米立："'姝豪，茶茶侬。'对吗？"

张笑："差不多了。"

爱米立跳起，高声说："我会说中国话了，你们听哪，'侬好拉否，姝豪，茶茶侬'。"

当！当！当！六下五十分。

梅丽："我好不巴望他下雨，我们就可以不去做礼拜了。"

学生鱼贯入礼拜堂。

面对美国女大学生接连而至的无知提问，"张女士"所做出的回应很好地体现了序言中"非有贬褒之意存于其间"的态度。关于她们对中国的误解，张女士并没有表现出激愤与慨叹，而是淡淡地一一给予了礼貌的回答。此时正值二十五岁的陈衡哲应当较周围的美国学生年长些。反抗了"嫁人"这一规范的中国的精英女性却身处美国同学的包围中，暴露在强烈的东方主义视线下。[1]

在瓦萨大学留学期间的陈衡哲（左二）

陈衡哲不断地寻求着学习之所，甚至为此远渡重洋，进入美国的瓦萨大学研习西洋史，其后又至芝加哥大学深造。经过一番不懈的奋斗，她取得了优异的成绩。这一点可以从陈衡哲1920年归国后旋即被聘为

---

[1] Gimpel, Denise. *Chen Hengzhe: A Life between Orthodoxies*, Lanham, MD: Lexington Books, 2015, pp. 59-66.

北大教授的结果中得到印证。可是通过这篇《一日》，我们看到的却不是突破逆境、一心向学的求道者似的女学生，亦非《新中国未来记》中欲表现的那种胆气、血性、学说皆出色的女杰。[1] 其实包含张女士在内，这篇小说并没有中心人物的存在，或许还原从早到晚的闲谈才是作者的真正意图。

而像这样以写实之笔法描绘人物对话的意图，应当也与口语化的风格有所关联。《留美学生季报》是由中国早期的留美学生所创办的机关杂志。这本刊物尽管也登载过诗歌或散文等作品，刊载《一日》这样的口语体小说却实属首次。当时中国的主流观点认为女性说话是不雅的[2]，到了美国的女生宿舍的陈衡哲，却身处于叽叽喳喳的闲聊之中。也许正是由于对这些聊天的观察，她才渐渐习惯了国外的生活。

这里引人注目的是，前文的引用中，张女士教美国同学说的"中国话"不是北京的官话，似乎是作为她第一语言的常熟方言。樱庭由美子的一系列研究[3]表明陈衡哲始终都是有意识地运用"写的语言"。比如幼时的她曾用独特的方式给远在北京为官的父亲写信：

---

[1] 这部小说在1928年被介绍到中国时，它的作者吉姆佩尔告诉中国读者："外国女学生与其说都是怀有政治意识、保持独立和讴歌自由的存在，还不如说既浅薄又平庸。"并因此冒犯到了极端的理想主义者。Gimpel, op. cit., p. 66.

[2] 平田昌司：「しゃべる女・叱る男——中国の話しことばにみられるジェンダー規制」，『興膳教授退官記念中国文学論集』，東京：汲古書院，2000年，第707—721頁。

[3] 櫻庭由美子：「『彼女たち』の近代・『彼女たち』のことば（その2）陳衡哲（1）」，慶應義塾大学日吉紀要『中国研究』3，2010年，第200—222頁。「『彼女たち』の近代・『彼女たち』のことば（その2）陳衡哲（2）」，慶應義塾大学日吉紀要『中国研究』4，2011年，第169—192頁。「陳衡哲と『西洋史』：『彼女たち』の近代・『彼女たち』のことば（その2）陳衡哲（3）」，慶應義塾大学日吉紀要『中国研究』7，2014年，第91—134頁。

> 因为母亲没空教我怎么把不同的内容变成固定的格式，我只能在每封信的开始和结束时用固定的格式，中间部分得发挥我的创造性写出内容。结果，我的信的开始和结束符合传统的文体和礼节，中间部分的内容却是用我家乡的方言写的，其中还夹杂了很多我自己发明的词以配合方言的发音！[1]

从这段经验中她明白了"为自己的思想感情寻找有创意的表达方式并非可望而不可即"的这个道理。可能正因为这段经验的缘故，在之后"一个在美国留学的中国同学（胡适）倡导用中国的白话取代文言，并以白话作为国民文学之本"时，"其他所有的中国留学生反对他这种文学革命的设想时，只有我给予这个孤独的斗士以道义上的支持"[2]。从文体上来看，《一日》比起小说更接近戏曲，而小说中出现的中文不是官话（例如"你好"）而是方言（"侬好拉否"），这可以说是陈衡哲为竭尽心力地拉近"说的语言"与"写的语言"的距离，而创造出的独一无二的语言表现。[3]

此外，笔者还想指出有可能对陈衡哲《一日》的诞生产生影响的小说。追溯《一日》发表的五年前，同样毕业于瓦萨大学的简·韦伯

---

[1] Gimpel, Denise. *Chen Hengzhe: A Life between Orthodoxies*, Lanham, MD: Lexington Books, 2015, pp. 55-56. 笔者参照樱庭（2010）第221—222页进行了翻译。下同。

[2] Ibid., p. 56.

[3] 櫻庭由美子：「『彼女たち』の近代・『彼女たち』のことば（その2）陳衡哲（1）」，慶應義塾大学日吉紀要『中國研究』3，2010年，第220頁。

斯特（1876—1916年）发表的小说《长腿叔叔》[1]正畅销一时。《长腿叔叔》这部少女小说中的大部分，是由孤儿乔若莎（茱蒂）·艾伯特写给匿名资助者（长腿叔叔）的信件组成。长大后的茱蒂最终与长腿叔叔结为连理，这个故事可以说是序章中提到的"女版的成长小说"的一个典型案例。资助者要求从未走出过孤儿院的茱蒂将自己的"学习进度"和"日常生活中的琐事"（details of daily life）报告给他。并且信中茱蒂的行文节奏非常快，完全没有面对长辈的拘谨与小心。这里出现的"日常生活中的琐事"与陈衡哲强调的"真实的琐事"应是相通的。例如下面引用的段落就体现了这一点：

I have some *awful, awful, awful* news to tell you, but I won't begin with it.

我有个很不好，很不好，很不好的消息要告诉您，不过我先不说。

We had ham and eggs *and* biscuits *and* honey *and* jelly-cake *and* pie *and* pickles *and* cheese *and* tea for supper — *and* a great deal of conversation.[2]

我们晚餐时吃了火腿、鸡蛋、饼干、蜂蜜、果冻蛋糕、派、腌菜、奶酪，还有饭后茶——并且还聊了好久的天。

---

[1] Webster, Jean, *Daddy-Long-Legs*, New York City, NY: Grosset & Dunlap publishers, 1912. 本书所用文本引自Webster, Jean. *Daddy-Long-Legs and Dear Enemy*, New York City, NY: Penguin Classics, 2004.

[2] 原文由笔者翻译并设置斜体。

虽然信中的话多有重复（英文斜体），但的确很好地表现出了女学生想到什么就说什么的性格。简·韦伯斯特1910年毕业于瓦萨大学，1912年发表了《长腿叔叔》。这部成为畅销作品的小说在1914年被搬上舞台，从纽约开始在全美进行了长期的公演，并且应瓦萨大学学生们的请求，该剧还在学校附近的波基普西市进行了特别演出。[1] 现阶段还没有证据能够直接说明陈衡哲曾经读过《长腿叔叔》，不过因为陈衡哲是在该舞台剧于波基普西上演的次年入学的，所以推测她读过《长腿叔叔》的概率应该很大。自己学校的校友作为小说家所取得的辉煌成就，以及《长腿叔叔》中对瓦萨生活的生动描述，很可能会鼓励陈衡哲也用茱蒂式新鲜的眼光来写自己的大学生活。刚刚进入大学不久的茱蒂在给叔叔的信中如此写道：

> I never dreamed there was such a place in the world. I'm feeling sorry for everybody who isn't a girl and who can't come here; I am sure the college you attended when you were a boy couldn't have been so nice.
>
> 我做梦也没想到世上竟有这样的地方。我为因为不是女孩而不能来这里的所有人感到难过。我敢说你在少年时期进入的大学也不可能有这般美好。

对从未出过孤儿院半步的茱蒂来说，女子大学简直就是一片新的

---

[1] Simpson, Alan & Mary with Conner, Ralph. *Jean Webster, Storyteller*, New York City, NY: Tymor Associates, 1984, p. 81. 在波基普西演出的日期和时间不详。

天地。陈衡哲在国内几经辗转寻找学习的场所未果，在远渡美国后才终于实现升学的梦想。踏入美国女子大学的她应该也像茱蒂一样"做梦也没想到世上竟有这样的地方"。并且为了描写这个自己初见的地方，文言之外的崭新文体必然不可或缺。而陈衡哲儿时给父亲和叔叔的书信正是边依照方言音"发明"着词语，边坚持自己独创表达的产物。这与茱蒂用朝气蓬勃的语言记录日常生活的书信可谓相互重合。

归国后的陈衡哲虽继续以研究者、教育者的身份发光发热，但以小说的形式记录女学生聊天场景的尝试几乎止步于《一日》。不过，《一日》作为中国最早的白话文小说，也成为"女学生讲述女学生故事"的嚆矢。

别把我和贤妻良母混为一谈

中国国内的公立女子教育开始于清末颁布的《女子师范学堂章程》和《女子小学学堂章程》，但系统的女子教育直到1912年中华民国成立以后才得以兴起。[1]随着学制的改革和全国范围内女学校的建立，女学生已经不再是那样珍稀的存在。[2]

在1919年的五四运动中，短发、上衫下裙等女学生时尚成为引人注目的现象。站在游行队伍最前列的她们作为"走出家门的女性""在人前演说的女性"受到了广泛的报道。当时的媒体将女学生的形象煽

---

[1] 崔淑芬：『中国女子教育史——古代从一九四八年まで——』，福冈：中国書店，2007年，第153—250页。

[2] 杜学元：《中国女子教育通史》，贵阳：贵州教育出版社，1996年，第250—422页。

动为搅乱秩序的破坏者,或是不知分寸的像男人似的女人等滑稽的存在。但另一方面,面对封建礼教勇敢发起挑战的女学生形象也逐渐形成。这个时代的文学一大重要的主题就是"自由恋爱、自由结婚"[1],并且这类作品的女主角往往是女学生。20年代初恋爱小说如同雨后春笋一般大量出现,这一状况甚至令编辑兼作家的茅盾感叹不已。[2]

尽管女子学校越来越多,不再像以前那样罕见,但"幸福的自由恋爱"没有轻易地出现。较陈衡哲年轻一辈的冯沅君(1900—1974年)是现代中国最早的女性作家之一,她的作品《旅行》[3]是在《伤逝》之前两年发表的短篇小说。故事中,女主人公同有妇之夫(当然这是违背本人意志,由父母决定的封建婚姻)的恋人一同旅行,却仍坚持纯洁的精神恋爱。这篇小说一经发表就引起了很大的争议。可是就连《旅行》也丝毫没有指明两人崇高的自由恋爱之后将何去何从。结束旅行回归日常生活后的男主人公悲观地说道"往事不堪回首",小说也在他的感叹中戛然而止。不过无法否认的是,正因为自由恋爱无法轻易实现,所以它才成为人们憧憬的对象。

在谁也不知道应该怎样实践自由恋爱的五四时代,实现恋爱后发

---

[1] 張競:『近代中国と「恋愛」の発見 西洋の衝撃と日中文学交流』,東京:岩波書店,1995年,第165—211页。

[2] 茅盾:《评四五六月的创作》,《小说月报》第12卷第8号,1921年8月。收入《茅盾全集》第18卷,北京:人民文学出版社,1989年,第131—136页。笔名郎损。文中强调这三个月中创作了小说一百二十多篇,据说其中居然"描写男女恋爱的占了百分之八九十"。

[3] 冯沅君:《旅行》,《创造周报》第45号,1924年3月,笔名淦女士。本书所用文本引自《冯沅君创作译文集》,济南:山东人民出版社,1983年,第17—25页。

生的事情仍然没有被触及。直到丁玲的《莎菲女士的日记》[1]（1928年）发表，自由恋爱才被描绘成可能从根本上动摇女性主体性的危险炸药。

尽管在民国初期的女学生故事中，异性恋人常常如前文提及的那样被观念化、刻板化，同性友人间微妙的关系却得到了异彩纷呈的书写。其中不仅常常有涉及身体接触的亲密关系的描写，而且对同性爱的表现也毫不顾忌。直白描写同性爱的实验性的作品有凌叔华的《说有这么一回事》[2]（1926年）和丁玲的《暑假中》[3]（1928年）等。

不过比起与特定的同性像男女一样（疑似）恋爱的这种故事，更值得关注的是作品中亲密的、感伤的、排他的女子学校的时空和女学生们不愿离开此地的执着。

比如，庐隐（1898—1934年）的中篇小说《海滨故人》描绘了五个女学生毕业前后的生活。与《旅行》一样，这篇小说的女主人公露沙也有着已婚的恋人，可她的愿望不是实现与他的爱，而是"希望五个人永远在海边一起生活"。五名少女"都是很有抱负的人，和那醉生梦死的不同。所以她们就在一切同学的中间筑起高垒来隔绝了"[4]。这一描写体现了她们的排他性。又因为这种浓密的空间比起一对一的异性爱更令人感到舒适，所以少女们即便毕业后也殷切地希望她们的

---

[1] 丁玲：《莎菲女士的日记》，《小说月报》第19卷第2号，1928年2月。本书所用文本引自《丁玲全集》第3卷。

[2] 凌叔华：《说有这么一回事》，《晨报副刊》第56期，1926年5月，署名素心。

[3] 丁玲：《暑假中》，《小说月报》第19卷第5号，1928年5月。本书所用文本引自《丁玲全集》第3卷，第79—115页。

[4] 庐隐：《海滨故人》，《庐隐全集》第1卷，第352页。

共同生活可以持续下去。

虽然这种与一对一的恋爱无缘的连带感尚不能称之为"同性爱",但她们之间的羁绊也与开头论及的男性之间的友谊不可同视。男性友情是一种极其主体化的存在,它不被毕业或婚姻所影响,会因宏大理想而一起发展共同的事业,但也会为主义主张的不同而割袍断义。而在少女们毕业走出女子学校后,她们的友情无论如何都将走向变质。毕业后,往往只有结婚或不结婚这两条路可走。如果选择前者,就必须在"夫家"的框架体系中扮演起新的角色。而如果选择后者,则不得不忍受着"堕落的女人"这一标签,为自己的经济独立而孤军奋战。但不管是哪种情况,在女子学校里诞生的亲密而深情的关系都会最终云消雾散。

正因为明白这些,所以少女们才希求在自己有限的自由的学生时代,拥有更加高纯度、高密度的感情体验。也因此《海滨故人》中露沙等女孩才要像"在一切同学的中间筑起高垒来隔绝了"一样,将与自己异质的东西排除在外。

像这样表现"女子学校特性"的例子还有凌叔华的《小刘》[1](1929年)。这篇小说由第一人称"我"来讲述。具体由两部分构成,第一部分是讲在会聚了十四五岁少女的中国北方女校中发生的某件事情,第二部分是讲十几年后于武昌的再会。小说前半部分细致地描写了"我"与友人小刘的亲密关系。下面让我们来看看"我"与小刘一面做出打架的姿态,一面相互嬉闹的第一个场景:

---

[1] 凌叔华:《小刘》,《新月》第1卷第12号,1929年2月。本书所用文本引自《花之寺 女人 小哥儿俩》,北京:人民文学出版社,1986年,第111—130页。

"你做什么又来了？"小刘问，装着生气，撅起小嘴，上下唇许多皱褶凑到中间，眼圆睁着，眼睑上的长睫毛清楚得可爱。

我伸手抓着她的嘴唇，笑道："这里，一个烧卖，谁吃？"大家只一笑，还没人答话，不意小刘把我绊倒了，一跌正好躺在她身上。

我就顺势把头枕在她的臂上，抱着她的胸膛，装出小儿索乳的样儿来，嘴里叫着"妈，妈咪——"。

"小牛儿，不害羞，喂孩子，唷——呵！"小周也是出名淘气的，这时大声叫起来，左右几个人都嘻嘻哈哈的一阵笑。

这几段描写不仅表现了女学生之间亲密无间的对话，还生动地展现了捏嘴唇、拥抱等包含性意味的身体接触。

这种亲密一方面加强了少女们之间的羁绊，但另一方面也滋生了对异己之人的回避与排斥。而《小刘》中，一个被戏称为鸭子的已婚旁听生成了被攻击的靶子：

那个姓朱的旁听生正独自挺着胸脯，撅起臀部，一对粽子脚儿，塞着放到鞋里，对对着走倒看的八字步，身体又胖又短，倒是没冤枉这花号。

小刘她们为把"鸭子"赶出学校，交头接耳地商量了许多方法。而这么做的理由是她刚刚嫁人就怀孕了。同学们愤慨地嘲讽怀孕的同学"脏死了!",并且认为自己的学校成为"贤妻良母养成所"是一种不可容忍的羞辱。对她们而言,结婚和怀孕都是与自己毫无关系的"卑贱"的事情。

这篇小说设定的时代背景大致是1915年前后。关于这一时期女子学校的读书体验,徐志摩(1897—1931年)的前妻张幼仪(1900—1988年)留有这样的口述。[1]虽然那是一个女子进学已不罕见的年代,但张幼仪记得自己一订婚,老师就对她失去了兴趣。"学校老师好像对缠了脚的女生不那么严格。大概是他们认为这些女孩观念守旧,没有学习能力吧。""一度把我视为得意门生之一的算学老师,和我说起话来都是一副教我什么无所谓的调调。他晓得我会很快离开学校……同学

张幼仪与徐志摩,1921年。翌年,二人离婚

---

[1] Chang, Pang-Mei Natasha. *Bound Feet & Western Dress*, London: Bantam Books, 1996, pp. 59-72. 引用部分参考了张邦梅著,谭家瑜译:《小脚与西服》,台北:智库出版社,1996年。张幼仪在一个旧式家庭中长大,但接受高等教育的哥哥们启发了她。她说服父母,在1912年至1915年期间进入苏州第二女子师范学校读书。

们没有一个继续完成学业变成老师的。我们都嫁人去了。"

张幼仪虽只讲述了老师的态度,但因喜爱的学生刚刚订下婚约就立即对其冷遇的做法和小刘等人疏远同学的态度应该是同根同源吧。因为无论是老师还是女学生自己都认为"人妻"与"学生"不能两立,如果嫁了人就应该在家里专心地侍奉丈夫公婆,照顾孩子。小刘等同学断言怀孕的"鸭子""脏死了",从这种洁癖中也可以看出她们想要把自己的所学与"贤妻良母的知识"分割开来的防御姿态。张幼仪在订婚后仍然回到了学校(据说像她这样的学生是极少数),但老师对她失去了兴趣。尽管婚后她也争取了各种各样的机会希望接受一些教育,但具有讽刺意味的是,直到徐志摩单方面与张幼仪离婚之后,她才开始接受高等教育。事实上,徐志摩在哥伦比亚大学的硕士论文题目是《中国妇女的社会地位》[1],尽管如此,他却从没考虑过让赴美陪读的妻子学习英语。

接下来让我们再回到《小刘》。小说中小刘等同学决定在缝纫课(当然是养成贤妻良母的科目)时将碍眼的"鸭子"赶出学校。"我们每人想做一件小孩子用的东西,请先生下次给我们出样子。"小刘一边偷笑一边向缝纫课的教员说道。

"怎么每人都得做一件么?"先生问着,照常下来闲走,看学生做活。

"先生还不晓得我们快要做阿姨了。"小刘娇声娇气说。

---

[1] 赵遐秋:《徐志摩传》,北京:中国人民大学出版社,1989年,第14页。

小刘的话是在绕着弯子讽刺怀孕的同学：因为教室里有人马上就要临盆，所以我们所有人才要做阿姨了……而支持小刘计划的同学们此时此刻都在暗暗观察"鸭子"的反应：

> 只见她的脸儿更比方才红，做着活计的手，似乎有些抖嗦，虽然装出不理会的样子，可是低垂眼睑，始终没敢把我们看一下，口角虽咧着似乎陪过笑，但分明在那里现出呼吸困难的颤动。
> 这时有人说"那一个脸儿顶红就是孕妇"，于是班内同学不约而同地一齐盯着"鸭子"。
> （她）说道："有什么看的！"眼中扑簌簌地掉下白豆大的泪点来，涨红了脸，溜出教室，格登格登跑下楼去了。
> 她这一走倒把我们怔住，一时脸上笑意都消了，却默然了一会儿。还是小刘冷笑先开口，"小周，她去校长那里告你呢"。

整篇小说中"鸭子"只说了一句："有什么看的！"而"我们"嘲笑完这样毫无反抗之语且怀有身孕的同学后，"却默然了一会儿"。这种沉默无疑暗示出我们内心的不安与愧疚。

不过小刘的一句话却把"鸭子"与校长联系起来，将她从弱者、被害者的一侧推向了权威者的一侧，间接使"我们"的行为正当化。颇有深意的是，此时的小刘"好看极了，胖胖的有些像娃娃的腮愈加红得鲜妍，两个小酒涡很分明的露出来，一双大眼闪着异常可爱的亮光"。小说的前半到这里就结束了。小刘的胜利使她变得美丽动人,而她所领导的则是一场驱逐已婚女性(孕妇)这一外来者,捍卫自己女学生纯粹性的战斗。

可是这场"战斗"真的是她们成长中不可或缺的东西吗?"鸭子"又真的是她们的敌人吗?

即便如此,还是要回归家庭

在这场"战斗"的十二三年后,"我"移居武昌,并且因为不习惯这片土地而感到郁郁寡欢。偶然间"我"得知小刘就住在附近,于是兴高采烈地前往她家探访。然而期盼已久的再会却与自己的想象截然不同。

> 帘子撩起,一个三十上下,脸色黄瘦的女人,穿了一件旧青花丝葛的旗袍,襟前闪着油腻光,下摆似乎扯歪了。这是小刘,我知道,但是我的记忆却不容我相信。
> "对不起,让你等!"这女人面上堆了不自然的浅笑。

这个再会的场景不禁让人联想到鲁迅的《故乡》(1921年)。少年时曾经亲密无间的两人再会时反而感到了彼此的隔膜。如果说《故乡》中闰土的改变可以归结于封建制度与贫困的影响,那么小刘的改变则是结婚与生育造成的结果。成为五个孩子母亲的小刘,在小说的后半部分却只被称作"这女人"或者"母亲"。

面对眼前的中年女性（实际只有二十五岁），"我"无论如何都不能将其称为小刘。"本来底下还想告诉她我怎样急急赶来，不过说到这里，一望到对面坐的并不像我想看的那个人，就不好意思多讲。"

看到粗鲁的女仆和不卫生的宅邸，"我"不禁感到沮丧与失落。端上来的茶有股怪味，想要吐痰却闻到痰盂中直冲上来的臭气。虽然"我"尝试寻找话题想要谈谈过去的同学，但两人的对话完全不投机。更让"我"感到不适的是小刘的儿子。这个夹在姐姐与妹妹之间的男孩是家中的独子。极度任性的他甚至一边在客厅的痰盂中排便，一边坚持要吃拿给客人的糖果。这个儿子"长得比那几个机灵，好起来很会哄人，只是身子不大好，所以常常爱闹脾气"。对于这些小刘袒护儿子的言辞，"我"心中暗暗觉得这"到底是'母亲'的话"。而这个"母亲"无疑是"我"们曾经那样攻击过的"贤妻良母"。需要格外注意的是，作者凌叔华出生在一个一夫六妻的家庭里，她的母亲是父亲的第四个夫人。凌叔华的英文自传《古韵》（*Ancient Melodies*）[1]详细记录了没有儿子，只生育了四个女儿的母亲在家中是如何被无端刁难与羞辱的。而故事中小刘的儿子仅仅因为是男孩就可以被免去一切罪责。看着眼前这个颐指气使地使唤姐姐、妹妹，甚至是母亲的"小暴君"，"我"毫不掩饰自己心中的不悦。

但我的困惑并没有就此结束。任性的要求得到了一定程度的满足之后，小刘的儿子便向"我"一笑，拉了"我"的手参观房间中的陈设。

---

[1] Ling Chen, Su Hua. *Ancient Melodies*, London: Hogarth Press, 1953. 本书所用文本引自 *New York City*, NY: Universe Books, 1988。

他让我看父亲收集的"年青女子戏装的像片","时髦打扮似乎电影员"的照片,以及一张"奇怪时装的像"。正在这时,小刘的丈夫回来了:

> 男人微笑点头,转身时隔着眼镜仔细盯了我一下,那看的神气,令人极不舒服。

他的眼神让"我"想起自己"跑进面生铺子里,柜台上伙计,就这样盯过我",并且"我"也安慰自己这种坏笑的神情"只是看女人用的,虽令人难过,却不含什么歹意"。如果说故事的前半部分表现的主题是"女学生/人妻"的对立的话,那么这里强调的就是"凝视的男人/被凝视的女人"这一对立。陌生的伙计与小刘的丈夫都凝视着初次见面的女人,如果中意的话,便珍藏起来加以鉴赏(前文中的明星照片清楚地反映了这种嗜好)。而小刘的儿子俨然被作为缩小版的父亲培养着。[1] 在女学生时期,残酷地驱赶已婚同学的少女们最终走上了与"鸭子"同样的道路,不管喜欢与否都成了"回归家庭的木兰"。年幼的她们虽在女子学校这个避难所中享受着安全的生活,将"人妻"当作外来者驱逐出去,可这种对立不过是模仿学校外"凝视、比较、消费女性"的男性逻辑的结果。

---

[1] 儿子在好色的父亲和疲惫的母亲之间任性地成长的主题,也可以在凌叔华发表《小刘》七年后写的《旅途》(《文艺报》,第1期,1936年6月)中看到。这是一篇讲述了"我"乘火车去探亲,途中"我"的包厢被拿着大量行李的一对母子占据的短篇小说。与《小刘》类似,这个故事里的孩子在火车里也随地大便。对此万般无奈的"我"最终却代替了疲惫不堪的母亲陪着孩子玩耍。谈话中"我"得知,因为父亲患有梅毒晚期,儿子也遗传了这种疾病。而他的母亲虽然知道这是一种恶性疾病,却还想继续为丈夫传宗接代。听罢,"我"不禁感到悲凉与无望。

如坐针毡的"我"早早告辞,小刘在门口教孩子说:"阿姨,再会!"小说至此结束。

> 这阿姨两字的声音,又清脆,又娇嫩,分明什么时听见过,我惘惘地一边想着一边走。

在小说的前半部分中,小刘宣告"我们快要做阿姨了"的话语此时被召唤出来,记忆中那个纯洁的女学生终于与眼前毫无生气的母亲重合在一起。尽管"我"难以将这个再会的女性当作小刘,但那一声清脆的"阿姨"却动摇了"我"的记忆。无论是曾经赶走无辜的"鸭子"的"我",抑或是现在不认为疲惫的小刘可爱的"我",一直以来都是怀孕/分娩的同学的"阿姨"。"我"再次清楚地感到女人不过是被陌生男人凝视的客体,是被严格地从"女学生"和"母亲"之间割裂开来的存在罢了。

女学生的故事才刚刚开始

通过《一日》与《小刘》,我们已经看到了女性是如何描绘女子学校这个崭新的空间和女学生这一崭新的人物的。《一日》的作者想说的不是国家大事,而是形塑生活的种种"琐事"。而这篇作品成为中国口语体小说的先驱,在很大程度上和这种倾向紧密相关。并且这个创举是由一位远离科举(严格要求文言文的运用能力),且从小就有意识地"像说话一般书写"的女性所实现的,这一点绝非偶然。因为正是基于这种亲身经历,陈衡哲才能将眼前充满零碎对话的美国女学生的日常诉诸笔端,创作出最初的中文口语体小说。《一日》之后十年左右问世的《小刘》,则刻画了女子学校中暂时不用履行结婚与生育义务的少女们。尽管她们蔑视怀孕、生育等旧女性的工作,努力划清自己与人妻或孕妇之间的界限,但最终完全被家庭所吞噬,渐渐失去自己的个性。

  两部小说中的女学生们都并非胸怀大志的女杰。少女中国的故事无意讲述那些对社会问题的参与或对国家的贡献,它是从被暂时免除女性结婚或分娩义务,享受集体生活的女孩们的娓娓叙说中开始的。不过在这两个故事中浪漫恋爱的事业还尚未展开。就像《小刘》中并没有表现小刘结婚的经过,只是重点强调了结婚与分娩给女性带来的疲惫与痛苦。

  下一章将详细探讨女学生是如何面对自由恋爱这一事业的。

第二章 虽然用功读书了

——鲁迅妻子许广平的内心纠葛

文豪之妻

女子学校是如何改变少女们的生活方式的呢?

在这里,我们远离对小说的分析,来试着追寻鲁迅非正式的妻子——许广平(1898—1968年)的踪迹。许广平一直支持鲁迅生活的方方面面,努力地为他营造稳定的写作环境。鲁迅赠给她的诗句"十年携手共艰危,以沫相濡亦可哀"[1],作为犒劳与他同甘共苦的伴侣的佳句而为人熟知。然而,对于少女时期就一贯抱有求知欲望和反叛精神,并且一直努力为教育界做出贡献的许广平来说,放弃自己的事业,成为鲁迅的助手一事,实在不是一个容易的决定。她所走过的路,与五四时期接受了新思想的洗礼、梦想拥有一份工作并走向社会的中国少女们息息相关。这些少女对自由恋爱和社会参与之间的关系有何看法?在与爱人建立亲密关系后,她们自我成长的冒险之旅是否也意味

---

[1] 鲁迅:《题〈芥子园画谱〉三集赠广平》,创作于1934年。本书所用文本引自《鲁迅文集》第8卷,北京:人民文学出版社2005年,第422页。

着就此终结？

　　许广平自身的著作也离不开鲁迅。虽然这无疑是了解"凡人鲁迅"的第一手资料，但是她的著作不仅揭示了鲁迅的真实状态，也揭示了作为"丈夫的助手／妻子"以外的许广平形象。[1]

邂逅之前

　　1898年，许广平出生在广州的一个官吏家庭。[2]在她幼年的时候，虽然被父亲告知"女子不必学习官话"，但据说她还是想办法在讲解科举内容的私塾学习了官话。除此之外，还有许多能体现其反叛精神的逸闻，比如因拒绝缠足而被母亲疏远，再如她单方面解除了父亲决定的婚约等。像当时的进步少女们一样，她也为了寻求深造的机会而北上求学。1918年，她进入直隶第一女子师范学校学习；第二年就发生了五四运动。"直隶第一女师"是培养了后来的周恩来夫人——邓颖超等杰出女性的知名院校。五四运动后，邓颖超等人立即成立了"天

---

[1] "作为表现者的许广平"这一主题，受到了以下两篇文章的启发。驹木泉：「鲁迅との結婚における許広平の決断——親友常瑞麟宛書簡の意味するもの」，『女性史学』第10号，2000年，第16—27页。驹木泉：「もう一人の許広平——鲁迅との結婚生活にみる」，『季刊中国』第67号，2001年，第64—72页。

[2] 关于许广平传记的内容，参考了以下资料。许广平：《我的小学时代》，《上海妇女》3卷11期，1939年11月25日。本书所用文本引自《许广平文集》第一卷，南京：江苏文艺出版社，1998年；陈漱渝：《许广平的一生》，天津：天津人民出版社，1981年。

津女界爱国同志会"[1]。许广平也加入了这个团体,并参加了抵制日货等运动。

然而,这里想要关注的并不是她参与学生运动的经历,而是她对师范学校怀有的不满。她抱怨说,虽然国文学教师在教学中涉及了胡适和克鲁泡特金等人的革新性文本,但是不仅不愿公正地评价其内容,而且仍然要求学生用文言来写作文。[2]在没有为学生提供新式的、自力更生的教育的层面上,北方的师范学校与她家乡广东的私塾并无两样。除此之外,她还对只知道"坐在火炉周围谈天说笑,吃花生米,烤山芋,或者在烤馒头、年糕"的同学们感到不满。

虽然许广平所追求的是与现实社会相结合的知识,但是她的大部分同学似乎对这些知识不感兴趣并忙着闲谈。"就是毕了业的,倘不出嫁,也多关在家里,能够让她出去教书,已经是极不多见的。因此每年毕业快到的时候,许多毕业生都是压抑超过欢愉。"[3]自己所学的东西不过是为嫁人做准备,并没有在社会上应用的机会,这与前一章中张幼仪的回想是一致的。因此,那些不满足于现状并希望开辟其他生活方式的学生,通过坚固的友谊而联系在一起。庐隐在《海滨故人》中写到,女主人公们与"其他醉生梦死和没有抱负的同学们"之间"筑起高垒来隔绝了"[4]。正像庐隐所描绘的那样,许广平也是一名"高

---

[1] 鲁开荣:《五四时期的天津妇女运动》,《邓颖超与天津早期妇女运动》,北京:中国妇女出版社,1987年。

[2] 许广平:《像捣乱,不是学习》。初次发表信息不明。本书所用文本引自《许广平文集》第一卷,1998年。

[3] 许广平:《记五四时代天津的几个女性》,《人世间》复刊第3期,1947年5月,署名为景宋。

[4] 参考本书第一章。

觉悟"的女学生。

然而，无论她们的觉悟有多高，都不能保证离开学校后（在社会上）有一席之地。一旦毕业，她们就不可避免地陷入与学生时代的理想相去甚远的现实生活中。与庐隐同时代的女作家冯沅君在小说《隔绝》[1]（1924年）中，讲述了歌颂寄宿学校生活的女主人公，突然被迫结婚并被软禁在父母家中的故事。内容由她在决定自杀后竭力为爱人所写的信所构成。这也是离开学校后别无选择，只能按照父母的意愿结婚并成为"回归家庭的木兰"的少女的一例。顺便一提，庐隐、冯沅君和许广平都毕业于北京女子高等师范学校（俗称"女高师"）。即使在处于女子教育巅峰的学校学习，她们仍然无法摆脱这种烦恼。

如果努力学习的女性，其唯一出路仍是进入家庭，人们自然会想到"女子学校的目的为何"这一问题。对于想成为有用人才并为社会做贡献的天津时代的许广平来说，学校不可能只是一个推迟婚姻生活的场所。1918年，刚刚入学的许广平用文言文坚决地宣布了对实学的志向："今之学校也不然，广设科学，造就人才。异日学成，非仅为仕而已也，非只吟笺弄墨而已也，将使之改良家族焉，改良社会焉，改良国家焉。"[2]在这之后，许广平的一贯目标就是学习新颖的、灵活的学问并通过自己的力量为社会做出贡献。不满足于初级师范课程的许广平，为了获得更深层次的学习机会而进入当时中国最好的女子教育机构——女高师学习。正是在这里，她邂逅了作为老师的鲁迅。

---

[1] 冯沅君：《隔绝》，《创造季刊》第2卷第2期，1924年2月，署名为淦女士。

[2] 《直隶第一女子师范学校校友会会报》第四期，1917年12月。本书所用文本引自《许广平文集》第一卷，1998年。

学生？助手？妻子？

1924年5月，也就是许广平入学的第二年，女高师改名为国立北京女子高等师范大学（俗称"女师大"）。五四运动的余波持续到了这年秋天，受到当时段祺瑞政府暗中支持的校长杨荫榆，开除了参与民主化运动的学生，这引发了大学高层和学生之间的激烈斗争。杨荫榆让军事警察介入，并对包括许广平在内的六名学生自治会的干部予以开除学籍的处分。学生们一方面要求杨荫榆下台，另一方面也向以鲁迅为首的民主派教授们请愿，希望他们继续授课。鲁迅和同事们做出了回应，发表了一份谴责杨荫榆和支持学生的联合声明。杨荫榆方面宣布解散大学预科，段祺瑞内阁决定封锁女师大并另外再建一所国立女子大学，时任教育总长的章士钊宣布免除鲁迅的职务。然而由于顽强的抵抗，女师大于1925年冬天得以复活，政府也在1926年撤销了对鲁迅的免职处分。

以上就是中国近代文化史上著名的"女师大事件"的经过。在这场动乱的旋涡中，许广平经常给作为老师的鲁迅写信，也正是因为通信的契机，她与已婚的鲁迅之间产生了爱情。关于这个过程，已经有许多以二人的通信集《两地书》[1]为主要对象的先行研究。[2]在这里必须强调的是，作为十分渴望知识的新女性，许广平爱上已婚的鲁迅这一事件本身，就是序章中所描述的"中国少女的事业"。许广平给对爱的告白犹豫不决的鲁迅写信劝说，认为他们自己有相爱的权利。

---

[1] 鲁迅、许广平：《两地书》，上海：青光书局，1933年。
[2] 如王得后：《〈两地书〉研究》，天津：天津人民出版社，1995年。

然而这封信读起来更像是一种对旧社会文人的挑衅或煽动行为,而不是爱的告白:

> 你的苦了一生,就是一方为旧社会牺牲,换句话,即为一个人牺牲了你自己,而这牺牲虽似自愿,实不啻旧社会留你的遗产。……我们是人,天没有叫我们专吃苦的权力,我们没有必受苦的义务。[1]

鲁迅为之牺牲的"一个人"指的是在母亲的要求下所娶的正妻朱安。许广平否定了鲁迅的无爱婚姻,并说"(相爱的)我们没有必受苦的义务",这与她尊重实学、希望为社会做出贡献的学生时代的目标直接相关。她的话语中没有任何含混之处,并主张他们二人之间浪漫爱情的障碍"不过是旧社会赋予的遗产",因此应该坚决抛弃。相比之下,鲁迅的态度就比较暧昧了:

> 后来思想改变了,而仍是多所顾忌,这些顾忌,大部分自然是生活,几分也为地位,所谓地位者,就是指我历来的一点小小工作而言,怕因我的行为的剧变而失去力量。[2]

---

[1] 本书所用文本引自《鲁迅景宋通信集:〈两地书〉的原信》中鲁迅和许广平的通信,长沙:湖南人民出版社,1984年。本书所引用的通信序号来自原书。此处源于第92号书信,许广平致鲁迅,1926年11月22日,第241—242页。

[2] 同上书,第95号书信,鲁迅致许广平,1926年11月28日,第250页。

鲁迅所担心的"地位"和"工作",当然是他的"社会性事业"。序章中所提及的《伤逝》创作于1925年10月,也就是在写这封信的前一年。但是此时鲁迅和许广平之间的关系已经不同于涓生和子君那样的"导引青年和学习少女"的模式。许广平不仅内化了"我是我自己的"这一自我决定,对于作为老师的鲁迅,她敦促他实践他自己所宣扬的爱情理想[1],并迫使害怕失去社会地位的他做出选择爱情的决定。最后,鲁迅回答说"我可以爱"[2],随之确认了二人之间的恋爱关系。如果是在教养小说中,那么这将是一个圆满的结局。然而,在浪漫的爱情得以实现之后,现实生活仍在继续。在二人的恋爱问题得到解决之后,许广平的自我成长又受到了怎样的影响呢?

二人的通信集《两地书》由三个部分组成。第一集收录了学生许广平与老师鲁迅在北京市内的通信(1925年3月至7月),第二集收录了二人的爱情得到确认并各自南下之后,成为厦门大学教授的鲁迅与成为广东省立女子师范学校训育主任的许广平之间的通信(1926年9月至次年1月),第三集收录了二人开启婚姻生活之后,回到北京家中的鲁迅与留守在上海家中的许广平之间的通信(1929年5月至6月)。在1933年《两地书》出版时,鲁迅担任了此书的编辑工作。

在五十多年后的1984年,根据许广平的遗嘱,在信件实物基础上重新排版的《鲁迅景宋通信集》(以下简称《通信集》)出版,揭示

---

[1] 鲁迅:《随感录 四十》,《新青年》第6卷第1号,1919年1月15日。本书所用文本引自《热风》,《鲁迅全集》第1卷,第337—339页。"人之子醒了;他知道了人类间应有爱情。"

[2] 《鲁迅全集》第11卷,第124号书信,鲁迅致许广平,1927年1月11日,第315页。

了原始信件与《两地书》之间显著的差异。[1]接下来，依照《通信集》来探讨一下许广平是如何协调恋爱关系与社会贡献这一目标之间的关系的。

1926年，跟随鲁迅南下的许广平在广东省立女子师范学校担任训育主任，并在那里取得了一些成绩。虽然由于政治斗争她不得不辞职，但她仍然有着重新教书的愿望。当许广平辞去广东女师的职务时，邓颖超正打算推荐她到中山大学附属中学任教，甚至也有聘请她担任汕头女子中学校长的想法。[2]许广平给鲁迅的信中经常写道"我想找工作，我在试着找工作"等话语。以下来举几个例子：

> 此学潮一日不完，我自然硬干不去，但一完了，我立即走，此时如汕头还请我去，即往汕。否则另觅事做。（书信第79号，1926年11月7日）
>
> 你如定在广州，我也愿在广州觅事，如在厦，我则愿到汕，最好你有定规，我也着手进行。（书信第86号，1926年11月15日）
>
> 我是深深的希望只教几点钟书，每月得几十元代价，再自己有几小时做愿意做的事，就算幸福了。（书信第115号，1926年12月27日）

对此，鲁迅的反应如何呢？

---

[1] 王得后：《〈两地书〉研究》。

[2] 陈漱渝：《许广平的一生》。

> 第一步我一定于年底离开此地，就中大教授职。但我极希望那一个人（据《两地书》此处指H.M）也在同地，至少也可以时常谈谈，鼓励我再做有益于人的工作。（书信第95号，1926年11月28日）
>
> 你既然不宜于"五光十色"之事，教几点钟书如何呢？……你不如此后可别有教书之处（国文之类），有则可以教几点钟，不必多，每日匀出三四点钟来看书，也算预备，也算自己玩玩，就好了；暂时也算是一种职业。（书信第98号，1926年12月2日）

尽管鲁迅认可许广平希望继续工作的想法，但他使用了"不必多""也算自己玩玩""暂时也算是一种职业"的说法，由此看来，他似乎认为许广平留在自己身边更重要。成为中山大学助理（不负责教学）的许广平，最终还是离开了教师岗位。

在同一屋檐下的生活开始后，许广平是如何思考自己的社会参与的，这一问题便不得而知了。《两地书》第二集最后一封信的日期是1927年1月17日，此后二人搬到广州开启了同居生活，自然就不再互寄信件，而当时的许广平也很少在公开场合发表文章。广州的政治局势亦是风雨飘摇。特别是在1927年的"四一二政变"发生，对共产党的大规模围剿开始之后，可以想见二人光是应对眼前的危机就已经筋疲力尽了。

在当时许广平发表的为数不多的散文作品之一《送学昭再赴法国》中，可以看到以下回忆：

> 我是一个什么人呢？区区不学无术，既未敢挤进"女作家"之林，更无名人徽号。……虽然，我有感想，我有意思，我愿写了出来，给喜欢与不喜欢看的人得一点好感与反感，给这个如海的社会投一粒小砂石，这个砂石投进去会起小小的一点水波展成圆圆的波纹。无论这粒砂石会引起水波的混浊与否，总是在那里动，这就是动的社会中的动物的表现——自然另外也还有别的表现法。[1]

此时，距离鲁迅和许广平搬到上海已经过去了一年零几个月。在这段时间里，许广平继续努力着试图获得一份教职，但都由于鲁迅的反对而没有实现。[2] 在这篇散文中，我们或许可以看到，许广平在忙于做鲁迅助手的同时，也想以自己的名义参与活动。无论是善意的还是恶意的，她迫切需要来自社会的回应。

然而，许广平渐渐走上了成为"无名之辈"的道路。在创作了这篇散文的四个月后，她写了一系列被收录在《两地书》第三集中的给鲁迅的信。在这些信中出现的许广平已经怀孕五个月，并且变身为一位"贤妻"，这与第一集和第二集中的形象完全不同。翻译《两地书》的中岛长文对许广平婚后写的信做出了以下叙述：

> （以虚心坦然的态度重读《两地书》，最有趣的是）许广平从第一、二集到第三集之间发生的可谓之鲜明的转

---

[1] 许广平：《送学昭再赴法国》，《语丝》第4卷第52期，1929年1月，第31—35页，署名为景宋。

[2] 许广平：《我又一次当学生》，初次发表信息不明，《许广平文集》第2卷，第270—275页。

变。她完全变成了一个家庭式的人物，以至于会令人觉得之前她对社会的关心已经被抛到了九霄云外。在爱嚼舌根的俗人的浅薄认知里，许广平只是因为怀孕就变成贤妻良母是不可思议的，但其中存在更深层次的原因。……（在中国）二人一旦结婚，爱情就会得到公认，因此文学上的爱的表达也变为可能。……这大概就是许广平成为家庭式的人物的原因，即她能够在不必顾忌旁人眼光的情况下尽情地表达对鲁迅的感情。[1]

尽管中岛用戏谑的方式分析了许广平的转变，但二人的"婚姻"并不是那么容易就被"公认"的。正如王得后（1982年）和驹木泉（2000年）所指出的那样，即使在他们开始同居之后，鲁迅仍然对外称许广平为"密斯许"、"学生"和"帮助自己的人"。即便亲眼见到二人住在一个屋檐下，许多人也并不认为他们之间有"恋爱关系"。在鲁迅的儿子周海婴出生之前，连与鲁迅交际甚密的林语堂都从未想过二人之间存在恋情。[2] 更重要的是，改变到"如此地步"的只有许广平吗？如果说二人的关系在同居后发生了变化，那么除了许广平，也应该着眼于鲁迅的态度变化。

在这里，可以试着解读许广平初次向他人倾诉自己爱情的信件。

---

[1] 中岛长文：「『两地书』を訳して」，本书所用文本引自《鲁迅全集》第13卷附录第7号，1985年。

[2] 郁达夫：《回忆鲁迅》，香港《星岛周刊》第1期，1938年。及上海《宇宙风乙刊》创刊号，第9、11、12期，1939年3—8月连载。本书所引用文本引自《郁达夫全集》第4卷，杭州：浙江文艺出版社，1982年，第213—237页。

这封信是1929年5月13日寄给她天津时的同学并在北京也有过交流的常瑞麟（1900—1984年）的信件。[1]常瑞麟从天津女子师范学校毕业后在北京学医，而许广平是节假日时总会去常家游玩的好朋友。当鲁迅的"正妻"朱安在北京去世时，常瑞麟代替身处上海的许广平处理朱安的后事[2]，这说明许广平对她有着非同一般的信任。尽管如此，许广平直到怀孕的第五个月还在对最好的朋友隐瞒自己与鲁迅的关系。

在信的开头，她写道："其实老友面前，本无讳言，而所以含糊至今者，一则恐老友不谅，加以痛责，再则为立足社会，为别人打算，不得不暂为忍默。"在结尾还写道："我之此事，并未正式宣布，家庭此时亦不知，知之为知之，不知为不知，谅责由人，我行我素。……无论如何，我俱不见怪。"她强调没有告诉任何人与鲁迅的关系，更不用说"公认"了。

鉴于鲁迅先前的暧昧说法，如果他们没有生下孩子，那么许广平可能永远不会被"公认"为鲁迅的妻子。一个女性要与一个已婚男性开始不被祝福的同居生活，应该需要很大的决心。当然，支撑这一决心的一定是爱。换句话说，为了使无证婚姻正当化，必须去强调"爱情"。这时候的许广平，除了妻子与母亲的身份之外，并没有其他事业。

在同一封信中，她有些暧昧地写道："直至到沪以来，他著书，我校对，北新校对，即帮他所作，其实也等于私人助手，以此收入，足够零用。"作为名人鲁迅的"未婚妻"或"私人助理"的生活，换

---

[1] 第126号书信，见《鲁迅景宋通信集：〈两地书〉的原信》，第319—322页。驹木泉（2000年）详细分析了这封信的背景。

[2] 周海婴：《鲁迅与我七十年》，海口：南海出版公司，2001年。

句话说，就是作为不向任何人公开身份的"妻子"和不领取报酬的"助理"的生活。正如中岛所指出的那样，许广平对此感到满足，或者至少是表现出自己幸福的姿态，与第一集和第二集中的她相比有很大的差距。那么许广平自己是如何看待与先前的理想之间的差距的呢？

当然，即使没有报酬，作为鲁迅助手的自豪感也给予了她支持。"从广州到上海以后，虽然彼此朝夕相见，然而他整个的精神，都放在工作上。……而其成就，则以短短的十年而超过了二十年，这也许是到了现在想起来，千万分自愧中稍可聊自慰藉的了。"[1]

"私人助理"的工作并不限于校对等实务，还包括照顾鲁迅个人生活的方方面面。例如，关于鲁迅所青睐的年轻作家萧红（1911—1942年）经常来到自家拜访这件事，许广平如下写道：

> 萧红先生无法摆脱她的伤感，每每整天的耽搁在我们寓里。为了减轻鲁迅先生整天陪客的辛劳，不得不由我独自和她在客室谈话，因而对鲁迅先生的照料就不能兼顾，往往弄得我不知所措。[2]

萧红的回忆呈现出了许广平因为鲁迅尽心服务而流露出的疲惫模样。"许先生是忙的，许先生的笑是愉快的，但是头发有些是白了的。"[3]

---

[1] 许广平：《因校对〈三十年集〉而引起的话旧》，《学习》1941年10月号。《许广平文集》第2卷，第184—190页。

[2] 许广平：《追忆萧红》，《文艺复兴》第一卷第6期，1946年7月1日。《许广平文集》第1卷，第189页。

[3] 萧红：《回忆鲁迅先生》，《萧红全集》第2卷，哈尔滨：黑龙江大学出版社，2011年，第150页。

与此相比，许广平的回忆中却看不到类似的关于萧红的生动描写。对于许广平来说，萧红不过是"鲁迅的学生"，而似乎并不是自己的朋友。

作为妻子的许广平也写下了这样的回忆："我偶然双手放在他的肩上，打算劝他休息一下，那晓得他笔是放下了，却满脸的不高兴。我那时是很孩子气，满心好意，遇到这么一来，真像在北方极暖的温室骤然走到冰天雪地一样，感觉到气也透不过来地难过。"[1]

她还对脾气急躁、沉默寡言的鲁迅说："因为你是先生，我多少

鲁迅一家，1933年

---

[1] 许广平：《鲁迅先生与家庭》，《上海妇女》第3卷第9期，1939年10月20日。《许广平文集》第2卷，第82—85页。

让你些，如果是年龄相仿的对手，我不会这样的。"[1]

妻子、助手、学生。不是哪一个侧面才是真实的问题，而是这些都属于许广平本人无疑。她最后选择的道路是彻底地做一个"无名之辈"，通过协助鲁迅的工作来履行她对社会的责任。然而，这并不代表她没有任何内心的纠葛。

> 我私意除了帮助他些琐务之外，自己应当有正当职业，再三设法，将要成功了，但是被他反对了好几次。他说："如果你到外面做事，生活方法就要完全两样，不能像这样子，让我想想再说。"这样子事情就搁起来了。遇到另外的机会，我又向他提起做事，他说："你做事这些薪金，要辛苦一个月，看人家面孔，我两篇文章就收来了，你还是在家里不要出去，帮帮我，让我写文章吧。"这样的结论，迫得我好似一个希特拉的"贤妻"，回到家庭，管理厨房和接待客人，以及做他的义务副手。……他的工作是伟大的，然而我不过做了个家庭主妇，有时因此悲不自胜，责问自己读了书不给社会服务。但是，我又不能更不忍离开家庭，丢下他，独自个儿走到外面做事。以上是我以前的生活，恐怕像我一样的人一定不少。[2]

---

[1] 许广平：《鲁迅先生的日常生活》，《中苏文化》，1939年10月。《许广平文集》第2卷，第86—95页。

[2] 许广平：《从女性的立场说"新女性"》，《鲁迅风》第10号，1939年3月22日。《许广平文集》第1卷，第110页。

许广平"完全成为家庭式的人物",并不是由于她一个人的决定。在她写下上述文字的第二年,还有如下的叙述:

> 关于我和鲁迅先生的关系,我们以为两性生活,是除了当事人之外,没有任何方面可以束缚,而彼此间在情投意合,以同志一样相待,相亲相敬,互相信任,就不必要有任何的俗套。我们不是一切的旧礼教都要打破吗?所以,假使彼此间某一方面不满意,绝不需要争吵,也用不着法律解决,我自己是准备着始终能自立谋生的,如果遇到没有同住在一起的必要,那么马上各走各的路。[1]

然而当初的"完全独立,相亲相敬,互相信任,以爱情为基础而共同生活的夫妇"这一理想,最终却没有实现。此时的十年前,鲁迅曾在女高师的演讲中说"钱,——高雅的说罢,就是经济,是最要紧的了。……第一,在家应该先获得男女平均的分配",鼓励女学生们在经济上获得独立。[2]然而就是发表了这个演讲的鲁迅,也不得不对他那渴望外出工作的妻子——女高师的毕业生——说:"你还是在家里不要出去,帮帮我。"作为一个受鲁迅启蒙比其他任何人都多的学生,许广平不可能没注意到恩师鲁迅的话与丈夫鲁迅的话之间的矛盾。

---

[1] 许广平:《〈鲁迅年谱〉的经过》,《宇宙风》乙刊,1940年9月16日。《许广平文集》第2卷,第373—387页。

[2] 鲁迅:《娜拉走后怎样——一九二三年十二月二十六日在北京女子高等师范学校文艺会讲》,北京女子高等师范学校《文艺会刊》第6期,1924年。《妇女杂志》第10卷第8号,修正版于1924年8月1日刊载。后收录于未名社《坟》,1927年。《鲁迅全集》第1卷,第165—173页。

"不能更不忍离开家庭,丢下他,独自个儿走到外面做事"的确是她自己所决定的。然而必须说明的是,使她做出这种决定的"爱"是由北京时代的许广平在面对鲁迅时的"爱"("以同志一样相待,相亲相敬,互相信任,就不必要有任何的俗套")转变而来的。尽管许广平嘲笑自己已经成为"希特拉式的'贤妻'",但她的"教养小说"似的成长是通过浪漫爱情的实现来完成的,至少世人是这样认为的。

"浮出历史地表"

许广平写道:"寻求活的学问,向社会战斗的学问,离开书本,去请教鲁迅先生了,然而后来却消磨在家庭和小孩的烦琐上。一个女人,如果这两方面没有合理的解决,没法放开脚走一步的。"[1]从少女时代起就抱有的受教育后要为社会做贡献的理想,以及留在鲁迅身边就是为社会做贡献之最可靠方式的判断,这些无疑都是许广平的心声。鲁迅和许广平的儿子周海婴做证说,留在家庭里是许广平自己的决定,没有必要认为她是鲁迅的牺牲品。[2]当然也只能说这是事实。

尽管如此,值得注意的是,这些关于鲁迅的证言几乎都是在他去世后才写成的。无论是鲁迅幽默的一面,还是他反对妻子工作的保守的一面,抑或是许广平本人是如何为鲁迅的工作而殚精竭虑,在他生前都没有被提及。具有讽刺意味的是,正是因为鲁迅这样巨人般的存在,

---

[1] 许广平:《像捣乱,不是学习》。
[2] 周海婴:《鲁迅与我七十年》。

许广平在婚后才无法表达自己。可以说，鲁迅的早逝让许广平的故事"浮出历史地表"[1]。

英国出版的一本关于研究《两地书》的书，在详细对比了《通信集》和《两地书》之后，证实了许广平的许多政治意见被删除，而鲁迅的观点则被增加了，结论如下[2]：

> （虽然公开出版的《两地书》经过了鲁迅的）编辑和润色，但在通信之时，她对政党及政治的认识和理解在很多方面超过了鲁迅，她一直以来都不仅仅是一个活动家。（中略）尽管已经无法论证从20世纪20年代后半到30年代她对鲁迅的思想和写作产生了怎样的直接影响，但很明显的是，鲁迅无论如何都拒绝让许广平外出工作。[3]

五四时期，许多女学生怀着好学之心而不断升学，并且果敢地实践了自由恋爱和自由婚姻。这些为理想而燃烧的女性选择的恋爱对象，往往是值得她们尊敬的知识分子。在断然拒绝了父母决定的婚姻，克服了重重阻碍与所爱之人结成连理后，在她们身上又发生了怎样的事情呢？听到这些被家庭所吞噬的女性的声音并不容易。许广平时而摇摆不定的叙述，是浪漫恋爱得到实现后的女学生们宝贵的证言。

---

[1] 参考前述孟悦、戴锦华：《浮出历史地表：现代妇女文学研究》。

[2] McDougall, Bonnie. "Political Opinions, Observations, and Activities", *Love-Letters and Privacy in Modern China: The Intimate Lives of Lu Xun and Xu Guangping*, Oxford: Oxford Press, 2002, pp. 171-175.

[3] Ibid., p207.

第三章
解不开的谜
——自卑的沈从文

鲁迅笔下的新女性

民国时期的男作家如何表现渴望接受教育的少女？总体来说，拥有智慧和教养的女学生是五四时期恋爱小说中不可或缺的女主角。在鲁迅的《伤逝》中，子君勇敢地宣布："我是我自己的，他们谁也没有干涉我的权利！"给人留下了鲜明而深刻的印象。[1]而"我是我自己的"，也似乎光辉地宣告了中国女性主体性的实现。

然而读者最终应该意识到，子君并未像她所说的那样获得自我的主体性。"我是我自己的"，不过意味着"我遵循自己的意愿从属于你（恋人涓生）"。之前被迫接受包办婚姻的女性，现在自主地将人生托付给恋人。可是子君在与涓生组建的小家庭之外，与外部的世界可谓没有任何联系。当失去涓生的爱以后，她别无选择，只能独自返回家乡，

---

[1] 文本中并没有写明子君的身份。她的举止与穿着暗示她（之前）可能是女学生。藤井省三指出小说没有讲述涓生和子君的经历与交际网。这种留白可以隐藏知性的子君既不上学又不工作的不自然之处。如果子君是寄居在宿舍中的学生或老师的话，他们的同居就没有那么容易实现了。详见藤井省三：「鲁迅恋爱小说における空白の意匠」，『東方学』第125輯，2013年1月。

并像他期待的那样静静地死去。并且在文本中,涓生的雄辩可谓触目皆是,而除开篇的"宣言"之外,子君的话几乎所剩无几。涓生以第一人称写下的不过是一系列的自我辩白与忏悔,完全没有提及子君的爱意和苦恼。这种鲜明的对照似乎暗示着恋爱极易陷入缺乏对话的自我满足中。

子君怎样才能逃过这场悲剧?于《伤逝》之后三年发表的叶绍钧(1894—1988年)的《倪焕之》[1]无疑给这个问题提供了线索。五四运动前夕,小学教师倪焕之爱上了女子师范学校的学生金佩璋。在焕之的眼里,她不仅貌美,还拥有以下其他优点:

> 在女师范里,她是一个几乎可称模范的学生。她不像城市里一些绅富人家的女儿,零食的罐头塞满在抽斗里,枕头边时常留着水果的皮和核,散课下来就捧住一面镜子。她也不像许多同学一样,两个两个缔结朋友以上的交情,因而恋念,温存,嫉妒,反目,构成种种故事。

这段话不仅说明了佩璋的魅力,还从侧面反映出当时男性知识分子眼中的女学生形象。在《倪焕之》出版两年后,丰子恺的《学生漫画》[2]也对女学生有所揶揄,认为她们的学校文凭不过也只是陪嫁的嫁妆罢了(见下页图)。而当时这种观念在女学生群体中并不罕见。

---

[1] 原载《教育杂志》,第1期至第12期,1928年。1929年由上海开明书店出版。本书所用文本引自叶圣陶:《倪焕之》,北京:人民文学出版社,1953年。

[2] 丰子恺:《学生漫画》,上海:开明书店,1931年。

《化妆柜一角》，丰子恺绘（值得注意的是，图中梳妆台里放着女校的毕业证书）

在庐隐和凌叔华等女性作家的笔下,女学生之间"友人以上的情谊",是一种美丽且易碎的存在。[1]可是在焕之这样的男性看来,这也许只是一种滑稽且多余的笑柄罢了。

倪焕之的母亲在听了儿子的结婚计划后,不禁想道:

> 在街头看见的那些女学生,欢乐,跳荡,穿着异于寻常女子的衣裙,她们是女子中间的特别种类,不像是适宜留在家庭里操作一切家务的。

对倪焕之的母亲而言,"欢乐/跳荡"的女学生是"寻常女子"之外的特别种类。其实这些描写如实地反映了大众对早期女学生的看法。换句话说,她们在学校里是浅薄的,情绪化的,在街上则是珍奇的存在。

作为合格的新时代青年,倪焕之给佩璋写下一封白话体书信,向她袒露了自己的心声。对于这封热情洋溢的求爱信,佩璋则以文言回复,其内容如下:

> 第须知璋固女子,女子对于此类题目,殆鲜有能下笔者。谅之,谅之!

读过这封回信,倪焕之尽管备感扫兴,但还是按照以往的程序,通过金家的家长向佩璋求婚。综合小说前后的文脉,可以明显看出佩

---

[1] 本书第一章也指出,对于民国时期女学生出身的作家来说,学校这一乐园和女性之间的友谊似乎是超越自由恋爱的主题。此外可参见拙论:「生家を出た娘たち:民国期の恋愛小説を読む」,関西女性史研究会編『ジェンダーから見た中国の家と女』,東京:東方書店,2004年,以及本书的终章。

璋也早已为倪焕之倾心。可聪明的她却选择用文言文这一传统的社会语言，传达自己对自由恋爱的婉拒和对旧式婚姻的认可。这种举动也许是受到了鲁迅《狂人日记》（1918年）的启发。《狂人日记》揭露了礼教束缚下"人吃人的社会"本质。其中，文言文作为实现吃人社会的工具，与叙述者"我"所使用的白话文处于对立的两极。

这样看来，佩璋之所以使用传统礼教的语言，即吃人社会的语言，是为了宣布自己"不发表个人意见"。虽然佩璋接受了现代的教育，但她通过将婚姻的决策权转交给家长，迈向了一条通往旧式妻子的道路。正是由于回避了"我是我自己的"这一危险宣言和自决的权利，佩璋才能免于遭受子君式的恋爱悲剧。对佩璋来说，浪漫的恋爱绝不是值得赌上自己一切的重大事业。

子君和佩璋的故事间接地提出了一个问题，那就是新女性（女学生）在决定自己的恋爱生活后，能否承担起随之而来的沉重责任。子君选择了自己的恋人，并走向了悲惨的末路。佩璋则回避了这种自我抉择，通过形式上听命于家长，得到了不为夫妇感情所左右的"（正）妻"之位。虽然结局有所不同，但两个故事都表明，女学生的自我决定往往伴随着巨大的风险。还需注意的是，涓生和焕之都曾期待他们的恋人可以勇敢地为自己的爱情做主。可一旦真正结合后，他们却很快对恋人产生了幻灭之感。面对因家事而身心俱疲的子君，和进入家庭后心里只有孩子的佩璋，涓生和焕之都不满地感叹她们"不该如此"。虽说涓生与焕之的确都曾经爱上过新女性（女学生），也许他们从未将其视作与自己对等的人生伴侣。

五四新思想给予了少女们"决定自己人生的权利"，但这个决定在《伤逝》中失败了，在《倪焕之》中被规避了。在这个崭新的时代，自由恋爱成了必须表现的主题，有教养的新女性成为这个主题下重点描摹的对象。但尽管如此，男性作家对女性内面的关注与刻画仍然处在一个反复摸索的阶段。[1]

沈从文笔下珍奇的女学生

在民国的男性作家中，对女学生最敏感的应该是有着"文字的魔术师"之称的沈从文（1902—1988年）。在其代表作之一的《萧萧》[2]（1930年）中，浅薄可笑的城市女学生和天真烂漫的乡下少女萧萧形成了鲜明的对照：

　　她们穿衣服不管天气冷暖，吃东西不问饥饱，晚上交到子时睡觉，白天正经事全不做，只知唱歌打球，读洋

---

[1] 这一时期，以女学生为主角并大胆探究其心理的男性作家作品包括茅盾的《蚀》三部曲（1927—1928年）和郁达夫的《她是一个弱女子》（1932年）。白水纪子对前者笔下的女学生形象进行了详细的讨论，详见白水紀子：「『蝕』三部作の女性像」，『転形期における中国知識人』，東京：汲古書院，1999年。将这个形象与后者放在一起考虑，也许可以引出更加深层次的问题。由于篇幅所限，这里不做深入分析。

[2] 《萧萧》于1929年冬脱稿，次年1月发表于《小说月报》。之后经过修正，于1936年11月录入小说集《新与旧》。1957年又进行了大幅改订。所用文本引自《新与旧》的《沈从文全集》第8卷，太原：北岳文艺出版社，2002年（其中收录的《萧萧》是基于《新与旧》的版本）。关于《萧萧》版本的考察，参见城谷武男著，角田篤信编：『沈従文「蕭蕭」「阿金」「牛」の版本研究』，札幌：サッポロ堂書店，2006年。

书。……她们在学校,男女一处上课,**人熟了,就随意同那男子睡觉**,也不要媒人,也不要财礼,名叫"自由"。(着重号由笔者添加)

这段话的叙述者是一位农村老人(萧萧丈夫的祖父),他和倪焕之的母亲一样,都认为女学生"穿着异于寻常女子的衣裙,她们是女子中间的特别种类"。此外,老人也将"随意同那男子睡觉的自由"视作女学生的特征,这一点非常值得关注。尽管"同男子睡觉的自由"这一说法略显粗糙,但它与"爱的自决"在本质上并无差别。在这里,把根据自己的意愿决定爱与性的行为称作带引号的"自由",是意图嘲笑任性的女学生。类似的叙述也可以在沈从文未完的长篇小说《长河》[1]中找到:

真正给乡下人留下一个新鲜经验的或者还是女学生本身的装束。辫子不要了,简直同男人一样,说是省得梳头,耽搁时间读书。……这些女子业已许过婚的,回家不久第一件事必即向长辈开谈判,主张"自由",须要离婚。说是爱情神圣,家中不能包办终身大事。[2]

---

[1]《长河》第一部的大部分内容于1938年8月至11月连载于香港的《星岛日报》副刊《星座》;1945年1月,经过大量增补后,由昆明文聚出版处出版。本书所用文本引自文聚出版处的《沈从文全集》第10卷。

[2]《沈从文全集》第10卷,第20页。

在乡下人的眼里，成问题的还是女学生的"打扮"和"自由"。这里的"自由"表面上指反抗包办婚姻，但本质上无非是女性对爱与性的自我决定。正是如此，对沈从文描写的乡下人来说，"女学生"无论是在外表还是行为上都俨然是一种珍奇的存在。外表指的是在农村女孩身上见不到的裙子和短发，而行为指的是按自己的心意决定行为举止的"自由"。这种叙述不免让人想起《伤逝》中同时具有这两种特质的子君。与涓生在北京的短暂同居遭遇挫折后，独自回到家乡的子君，应当也会暴露在这种好奇和蔑视的目光中。

如果说《伤逝》讲述的是一个住在首都的男人对新女性的爱与幻灭，《萧萧》则逆转了故事的背景，描写被边缘化的农村人眼中集体化、抽象化的城市新女性。《伤逝》中，爱情刚刚滋长之时，涓生日日翘首以盼的是身着"高跟鞋、布衫、玄色的裙"的迷人的子君。[1]并且子君的宣言"我是我自己的"震动了他的灵魂，"此后许多天还在他耳边发响"。但是在萧萧的世界里，这些女学生独有的魅力变成了一种令人发笑的珍奇的现象。

《萧萧》中这些珍奇的女学生与作品的女主人公——没受过教育的乡下女孩萧萧之间有怎样的联系呢？围绕这个问题，研究者们做出了各种各样的解读。李凯玲认为，萧萧虽在女学生身上看到了"自由、平等、幸福"的理想，但这些理想并不能轻易实现，而这恰好体现了当时的农村实态。[2]另一方面，张苾芳则认为，沈从文是借农民之口

---

[1]《鲁迅全集》第2卷，第114页。这是当时典型的女学生装束。

[2] 李凯玲：《冲淡又深情——从小说〈萧萧〉谈沈从文的艺术风格》，《武汉师范学院学报》第6期，1982年。收入邵华强编：《沈从文研究资料》（上），北京：知识产权出版社，2011年。

来猛烈批判当时的女学生及女子教育运动的问题。[1]赞美还是批评女学生,这样截然不同的看法之所以会出现,可能是因为小说中描写的女学生形象实在难以捉摸。与其执着于赞美/批评的二分法,不如回到文本当中,深入思考萧萧与女学生之间的"错过"。

"错过"了女学生的童养媳

让我们再次回顾一下萧萧的故事。女主人公萧萧十二岁就被卖作童养媳,嫁给年仅三岁的幼儿。在成年之前,她不仅要照顾自己年幼的"小丈夫",还要充当劳动力为婆家诸事做帮手。有时街上有女学生经过,"小丈夫"的祖父就会拿这些奇怪的女孩打趣。他光是提到"前天有女学生过身",乡里的"大家就哄然笑了"起来。正如前文所述,大家笑的是"女学生没有辫子,留下个鹌鹑尾巴,像个尼姑,又不完全像。穿的衣服又像洋人……总而言之,一想起来就觉得怪可笑!",祖父偶尔也打趣萧萧道:"你长大了,将来也会做女学生。"萧萧起初因为完全不明白女学生的含义,所以断然拒绝了祖父的提议。但不知何时起,她心中却逐渐有了一种模糊的愿望,被祖父唤作"女学生"时,不经意中也答应得很好。于祖父而言,女学生不过是茶余饭后说笑的谈资,但萧萧却异常认真,甚至一再恳求祖父:"明天有女学生过路,你喊我,我要看看。"除此之外,在小说叙述者的口中,"萧萧从此以后心中

---

[1] 张苾芳:《论〈萧萧〉的创作背景与女学主题》,《台北市立教育大学学报》第1期,2010年,第49—74页。

有个'女学生'。做梦也便常常梦到女学生,且梦到同这些人并排走路"。这显示出萧萧对女学生强烈的关心。

第二个向萧萧谈起女学生的是长工花狗。为了吸引萧萧的注意,他把祖父的话添油加醋后说给她听。在花狗讲述的故事中,四个女学生在官道上拿着旗帜,像军人一般大汗淋漓地唱着歌。"不消说,这自然完全是胡诌的笑话。可是那故事把萧萧可乐坏了。"此篇中,仅有一处萧萧亲眼看到女学生的描写,出现在祖父打趣萧萧"你也把辫子剪去好自由"的玩笑话后:

> 听着这话的萧萧,某个夏天也看过一次女学生了,虽不把祖父笑话认真,可是每一次在祖父说过这笑话以后,她到水边去,必用手捏着辫子末梢,设想没有白娘子的人那种神气,那点趣味。

其后,花狗再次出现在故事里,只是他这次没有谈女学生,而是通过唱"使人开心红脸"的山歌来勾引萧萧。在屈服于这种诱惑后不久,萧萧就意识到自己怀孕了。然而花狗却抛下她,不辞而别。为怀孕所困的萧萧再次听说"有好些女学生过路",她"睁了眼做过一阵梦,愣愣的对日头出处痴了半天"。这之后,萧萧也想要步花狗的后尘,准备沿"女学生走的那条路"逃到城里去。

在小说初出的版本中,这是"女学生"这个词最后一次出现。萧萧很快被找到并带回乡下,直到最后都没有看到都市(女学生所在的地方)。回去后萧萧生下了花狗的孩子,但由于是个男孩,她得到了大家心照不宣的原谅，最终顺利地与丈夫拜堂圆房。花狗的儿子在十二岁时迎娶了比他大六岁的新娘。这一天，萧萧也抱了刚出生不久的她与丈夫的孩子，去看迎亲队伍，简直"同十年前抱丈夫一个样子"。就这样，小说在萧萧的"不变"中画上了句号。[1]

以上就是《萧萧》所讲述的旧式童养媳与"城市女学生"擦肩而过的故事。在小说文本的基础上，笔者想提出两个疑问。

第一个问题源自现实世界中的沈从文。创作《萧萧》的时候，沈从文正无可救药地爱着一个女学生。1929年9月，在徐志摩的推荐下，沈从文前往中国公学任教。同年11月，他单恋上自己的学生张兆和，并从第二年的新学期开始，为她写了大量情书。[2] 并且在这一时期，沈从文为了将自己的妹妹沈岳萌培养成新女性，还煞费苦心地将她从老家带到自己身边。来自湘西的岳萌让人不禁联想到离开乡村的萧萧。现实世界中，沈从文不仅自己爱上了女学生，还努力把心爱的妹妹从乡村少女改造成都市女学生。可是为何在他的小说世界中，却很少有活泼迷人的女学生呢？

第二个问题则与萧萧看到女学生的反应有关。正如先前的引用，小说几乎没有描写萧萧实际"看到"女学生的场景。当祖父说起女学生奇怪的行为举止时，"萧萧独自笑得特别久"，还恳求爷爷"明天

---

[1] 在20世纪50年代大幅修改的《萧萧》中，故事的结尾是萧萧对着与丈夫所生的孩子说："看看，女学生也来了！明天长大了，我们讨个女学生媳妇！"搅乱了萧萧和农村的"不变"，与之前的结局大不相同。详见前揭城谷武男的校对。1949年后的版本还进行了其他各种改写，但由于本文关注的是民国时期的女学生形象，在此不作赘述。

[2] 以上的时间线索参见吴世勇编：《沈从文年谱（1902—1988）》，天津：天津人民出版社，2006年，第76—83页。

有女学生过路,你喊我,我要看看"。

甚至连花狗现学现卖的女学生故事也把"萧萧可乐坏了"。尽管萧萧对女学生有着如此的热情与执着,但小说却完全没有交代她"某个夏天也看过一次女学生"后的具体反应,这无疑出乎读者的意料。萧萧第一次见到的女学生究竟是何种姿态?长期道听途说女学生传闻的萧萧看到真实的女学生时有何感受?到底是羡慕还是失望?这些疑问读者都无从知道。不过见到女学生的萧萧常想象没有辫子的自己,从这一描写来看,我们至少可以隐约推测出萧萧看到的女学生应该都是剪过辫子的。但总体而言,萧萧在见到向往已久的"女学生"时,完全没有表现出以前那样的热情。这个问题究竟要如何理解呢?

恋爱中的沈从文

杨玉珍对沈从文小说中的女学生形象进行了系统的考察。[1]她引用了《萧萧》和《长河》中的女学生描写,指出她们"只是在外观形式上引起乡下人的诧异,不过是乡人的一点谈资",并且在这样的描写背后"普遍存在着对知识女性的全盘否定与批判"。此外,杨玉珍也指出,沈从文的理想女性是"健康淳良的农家妇",女学生只是"欺压乡村的城市文明和权力的利器"。的确除去这两部作品,在与《萧萧》同年发表的沈从文的其他小说中,对女学生的讥讽与揶揄也随处可见:

---

[1] 杨玉珍:《沈从文笔下"女学生"形象文化透视》,《吉首大学学报(社会科学版)》第35卷第1期,2014年1月,第116—122页。

> 我看过许多师长的姨太太，许多女学生。……第二种人壮大得使我们害怕，她们跑路，打球，做一些别的为我们所猜想不到的事情，都变成了水牛。她们不文雅，不窈窕。（《三个男人和一个女人》[1]）
>
> 女学生们……嫉妒、好事、虚伪、浅薄，凡是属于某种女子的长德，在这个学校也如其他学校一样，是比知识还容易得到许多的。……她们的功课，都因为学校规则严格，做得完全及格，比男子还用功努力，可是功课余外事情却都不知道。（《平凡的故事》[2]）

但沈从文创造这些粗俗、浅薄且对现实世界一无所知的女学生，仅仅就是为了"提供一点谈资"吗？作者可以如《萧萧》和《长河》中的乡下人那样完全不受影响吗？不，他真的无动于衷的话，不至于这样三番五次地描写女学生。以作家本人为原型的小说《冬的空间》[3]中，有这样一节：

> 男人为一个可笑的孩子气的思想所缠扰，在一张纸上用笔写着："女人全是了不得的人物，哪怕生长得极丑也很少悲伤的机会。"但这人在心上却用血写着："我将使

---

[1] 沈从文：《三个男人和一个女人》，《文艺月刊》第1卷第3号，1930年10月15日。本书所用文本引自《沈从文全集》第8卷，第18页。

[2] 沈从文：《平凡的故事》，《文艺月刊》第1卷第2号，1930年9月15日。本书所用文本引自《沈从文全集》第8卷，第45页。

[3] 收录于《沈从文甲集》，上海：神州国光社，1930年。本书所用文本引自《沈从文全集》第5卷。

你们女人中最美丽的女人爱我。"[1]

这是男主人公（学校教师兼任小说家的 A）跟妹妹（以沈岳萌为原型）对话之后写下的一段文字，所以文中的"你们女人"明显指的是女学生。这一时期沈从文的笔下，既有肤浅而臭美的女学生，也有渴望被"最美丽的"女学生所爱慕的男性角色。与其说这一矛盾之处体现了沈从文对女学生的淡漠，不如说暗示了他对女学生异常强烈的关心。或许正是因为女学生对沈从文产生了偌大的影响，所以他才有意地在自己的作品中讥讽与轻视女学生。而令沈从文魂牵梦绕的女学生就是他后来的妻子——张兆和。

许多传记作品都描写了中国公学"校花"张兆和与沈从文之间的恋情。除此之外，当时上海的主要报纸《申报》也对张兆和多有报道。从 1929 年 4 月 16 日至 1931 年 11 月 1 日，共有 11 篇文章提及张兆和，主要都是介绍她在篮球队和话剧社的卓越表现。如以下两例：

> 张兆和女士、该校的老同学、天生一副健美的体格、平日衣饰朴素、脂粉不施、然而那苹果色的双颊、快乐的天性、愈显出"自然之美"、她的态度很有些 Boyish、同学们称她为校徽。[2]

> 张女士是该校的高材生、天真活泼、对于国语尤显得纯熟非常……自始至终她一直很镇定使全剧弄得很是紧张、

---

[1]《沈从文全集》第5卷，第9页。
[2]《申报》1929年5月27日26面《中公女子篮球队的健将》。

表情的温柔与刚强、都用得十二分的巧妙、而且口齿清白、更使一般观众听得入神、到了最后几幕、她似乎更兴奋得忘记了自己了、演得悲伤处所、她简直引得几个软心的女性观众留下了清泪、使这次公演能成功、她实在是一个最大的功臣。此后她将也更受到许多青年人的崇拜了。[1]

其他的新闻报道也将张兆和描绘为备受崇拜的中公偶像。如此看来，张兆和确实是博得爱戴的"理想女学生"的代表。也许正因为这种耀眼的女学生光环，沈从文才爱上了她。

1930年4月26日，苦恋张兆和的沈从文，在给友人王际真的信中如是写道：

> 我在此爱上了一个并不体面的学生，好像是为了别人的聪明，我把一切做人的常态的秩序全毁了。……但我所望，就只是这年青聪明女人多懂我一点……我的世界总仍然是《龙朱》《夫妇》《参军》等等。我太熟习那些与都市相远的事情了，我知道另一个世界的事情太多，目下所处的世界，同我却远离了。[2]

沈从文的信着重强调了张兆和的"聪明"，而她的聪明来自城市

---

[1]《申报》1931年6月16日23面《中公剧社出演后》。中国公学戏剧研究社公演剧目为《梅萝香》，主角梅萝香由张兆和饰演。
[2]《沈从文年谱》，第86页。

的教育。不过正由于对她的爱，沈从文反而越来越意识到自己根植于湘西乡土。并且颇具启发性的是，沈从文在信中写下的不是"我想了解她"，而是希望"这年青聪明女人多懂我一点"。如前文所言，涓生也好，焕之也好，这些男性知识分子可能并没有尝试深入地理解作为他们恋爱对象的新女性。与之相比，沈从文虽然没有像他们一样试图启蒙自己的爱人，但也从未想要深入认识与理解对方。事实上，他的愿望一直都是希望她这个有文化的城市人能够理解出身农村的自己。

同年11月5日，沈从文在同样寄给王际真的信中，倾吐了与都市无法相容的自我认识：

> 因为在上海我爱了一个女人，一个穿布衣，黑脸，平常的女人。但没有办好，我觉得生存没有味道。……我有时真愿意同一个顶平常的女人结婚。不过就是平常女人也还是不会同我在一处的，就因为我的生活同一切读书人都太不相同。我想到的、有趣味的、厌恶的，都还是一个最地道的中国农人，而都会中的女子，认了一点字，却只愿意生活是诗。我只是散文，因此再蹩脚的女子也不能同我好了。[1]

除了没有学历和钱财，沈从文还因自己是"最地道的中国农人"而感到强烈地自卑。据他回忆，由于过分担心自己浓重的方音，以至于在中国公学的第一堂课上足足沉默了一个半小时，让所有学生都备

---

[1]《沈从文全集》第18卷，第111—112页。

感困惑。[1]相较于自卑且羞怯的沈从文,出身名门的张兆和既可以在篮球场展现飒爽英姿,又可以在担当话剧女主角时说一口漂亮的国语。在沈从文的眼中,张兆和在各个层面上都无疑是极其耀眼的存在。

然而,沈从文并没有将现实世界中的理想女性(张兆和)和对她的赞美原封不动地写进小说,也不曾尝试解读或改变她的心理。相反地,他以自己所熟悉的"乡下人的眼睛"[2]来描述女学生的特质,比如小说中的"辫子不要了,简直同男人一样"[3],"跑路,打球,做一些别的为我们所猜想不到的事情"等描写。涓生、倪焕之等读书人倾向于将自己的光辉灿烂的理想映射在爱人身上,时而赞美她们的勇敢,时而为她们的懦弱而扼腕。沈从文的女学生描写可谓与之截然不同。

不同于作为读书人的新青年往往站在启蒙者的立场上引导自己的恋人,乡下出身的沈从文不能也不想这样做。他虽然也深深地爱慕着女学生,却选择将她们放在故乡的湘西风景中观察与审视,而不是在都市的校园中。当故事的舞台转到农村,女学生的穿着变成了奇装异服,部分少女勇于实践的自由恋爱也退化成了一种可耻的野合。事实上,进行这些创作实践的沈从文此时处在痛苦恋爱之中,甚至在给朋友的信中感叹"生存没有味道"。但就在这样的情形下,他将自己恋慕的对象类型化、客观化,然后将其置于乡村,用乡下人的眼光来审视她。可以说正是这种尝试使得沈从文的小说获得了独一无二的色彩。

---

[1] 沈从文:《致黜名朋友》,《沈从文全集》第24卷,第259页。

[2] 沈从文:《长河》。

[3] 沈从文:《三个男人和一个女人》。

被唤醒的情欲

接下来进入第二个问题。童养媳萧萧一直向往着女学生,就连做梦也常常见到女学生。可是为什么叙述者要在小说中留下空白,不描写萧萧见到女学生的场景呢?

《萧萧》并不是最早描绘女学生与童养媳相遇的小说。[1]在此之前,冰心的作品《最后的安息》[2](1920年)就已经展现了都市女学生与乡下童养媳之间的情谊。小说中,刚刚搬来乡下别墅避暑的惠姑,偶然结识了比她大两岁的童养媳翠儿,并得知了她在婆家的惨遇。出于对翠儿的同情,惠姑常常帮她一起洗衣、汲水。就这样,两个天真活泼的少女很快心意相通,成了形影不离的挚友:

> 她们两个的影儿倒映在溪水里,虽然外面是贫、富、智、愚,差得天悬地隔,却从她们的天真里发出来的同情,和感恩的心,将她们的精神,连和在一处,造成了一个和爱神妙的世界。……翠儿的心中更渐渐地从黑暗趋到光明,她觉得世上不是只有悲苦恐怖,和鞭笞冻饿,虽然他妈依旧的打骂折磨她,她心中的苦乐,和从前却大不相同了。[3]

---

[1] 关于萧萧童养媳身份的分析,参见今泉秀人:「ふたりの童養媳 沈従文『蕭蕭』の成就」,『野草』第82号,2008年8月,第34—35页。

[2] 《最后的安息》连载于《晨报》1920年3月11日至13日。本书所用文本引自《冰心全集》第1卷,福州:海峡文艺出版社,1994年,第76—84页。

[3] 《冰心全集》第1卷,第80页。

因为冰心本人就是女学生,所以她笔下的故事非常浅显易懂。惠姑在帮助翠儿洗衣服时,了解了童养媳这种陋习,并意识到自己所处的优越环境并非理所当然。从惠姑那里学习识字的翠儿,则感到自己的世界日益广阔,甚至也想到学校接受教育。她们之间纯粹的友谊超越了身份与地位,并时刻提醒着读者,"想要读书"的愿望存在于每个人的心中。毫不夸张地说,《最后的安息》可谓是一个现代性启蒙的故事。

那么《萧萧》又有何不同呢?正如前文所述,萧萧没有和女学生们交流过,仅单方面"看过"女学生的她,可能根本没有出现在她们的视野之中。因而,双方应该没有任何的接触与交流。对萧萧而言,"看过"女学生这件事情究竟是影响重大,还是无关紧要呢?

诚如第二节所述,《萧萧》中珍奇的城市女学生有着两个基本特征:"断发与穿裙子",以及"爱/性的自我决定"。听着祖父的讲述,萧萧忽然生出了一个"模模糊糊的愿望",并且不禁在心中畅想:"倘若她也是个女学生,她是不是照祖父说的女学生一个样子去做那些事情?""不管好歹,做女学生有趣味。"[1]萧萧思考的"那些事"和"有趣味"的东西应该不同于冰心笔下的翠儿所渴望的"读书识字/接受教育"。尽管萧萧没有明确表达这种愿望,但她很可能已经渐渐意识到,女学生可以自由地行使自己爱与性的权利。并且值得一提的是,在《萧萧》初出的版本中,作者在村人议论女学生的场景之前,插入了一段附近男工们裸体乘凉的描写:

---

[1]《沈从文全集》第8卷,第255页。

> 从萧萧方面看来，仿佛是哥哥几个家中男子汉，身体那么壮实，使人吃惊，膀子一弯就有大筋凸起，有些地方怪有趣味。[1]

之后的所有版本都删除了这段话。但是正如先行研究所指出的那样，萧萧对男工健壮的手臂的关注，为后续情节的展开埋下了重要的伏笔。[2] 此后，萧萧又被花狗粗壮的手臂所吸引，在他讲起女学生故事时羡慕地感叹："花狗大，你的膀子真大。"而花狗则答道："我不止膀子大。"甚至当萧萧委身于花狗时，她的眼睛也"只注意到他那一对粗粗的手膀子"。通过以上这些描写不难看出，"粗粗的手膀子"正是激发萧萧性觉醒的媒介之一。

其次，花狗所谈所讲的"女学生"故事和"山歌"对萧萧来说都是陌生的。前者只是乡下人口中"胡诌的笑话"，就连讲故事的花狗本人也不甚了了。但此时萧萧已沉浸于"倘若她也是个女学生"的神秘想象中。至于后者则提前唤醒了萧萧的情欲。而这欲望本是身为童养媳的她"十年后给小丈夫生儿子继香火"时才能拥有的东西。虽然在讲述者花狗看来，"女学生"与"山歌"是完全不同的两个话题，但听者萧萧却可能已经将二者联系在一起。因为通过祖父的玩笑，她早就知道女学生有着"随意同那男子睡觉的自由"。如果真是这样的话，想象中"自由"的女学生与"使人开心红脸的歌"，都为萧萧接受花

---

[1] 城谷武男著，角田笃信编：『沈従文「蕭蕭」「阿金」「牛」の版本研究』，第40页。

[2] 同上。

狗奠定了基础。[1]当她看到这些女学生时,感到的应该不是先行研究所指出的现代性启蒙,而是一种更加模糊的,近乎官能的渴望。

萧萧的确看到了令自己魂牵梦绕的女学生。但仅凭这远远的一望,当然不足以化解她心中纠缠的压抑与渴望。也正因如此,在祖父说起"萧萧你也把辫子剪去好自由"的"笑话"之前,这些关于女学生的记忆都被封存在她的脑海深处。并且,萧萧每"到水边去,必不自觉地用手捏着辫子末梢",通过水面的倒影,想象没有辫子的自己。如前所述,小说中剪去发辫的"外表"和自我决定爱/性的"自由"始终关联在一起。对萧萧来说,幻想自己没有辫子,就是在想象脱离童养媳的身份,像女学生一样享受"自由"。而这种想象对萧萧来说必然是无法用语言形容的东西。

解不开的谜

以上我们验证了这样的假设:在萧萧的意识里,女学生可以自己决定自己的爱与性,而正因这种印象,她才对女学生充满憧憬。换言之,《萧萧》其实讲述了这样一个故事:现代的女学生形象唤起了乡村少女对"性自决"的关心。

让我们再次回到沈从文与张兆和的爱情故事。虽然沈从文寄给张兆和的许多情书都已逸失,但我们依然可以读到当时发表过的一些情书:

---

[1] 松村志乃氏指出,"萧萧可能受到了自由自在的女学生的影响,与花狗发生了性关系","得知了同龄人之中还有这样的存在,这也许令天真无邪的她产生了一些变化"。

> 我行过许多地方的桥,看过许多次数的云,喝过许多种类的酒,却只爱过一个正当最好年龄的人。……××,我求你,以后许可我作我要作的事,凡是我要向你说什么时,你都能当我是一个比较愚蠢还并不讨厌的人,让我有一种机会,说出一些有奴性的卑屈的话,这点点是你容易办到的。[1]

沈从文信中洋溢的不是我们在《伤逝》和《倪焕之》中看到的那种讨论"理想主义"恋爱的姿态。他的爱对自己来说是不言而喻的,甚至是自我形成的一个必要条件。尽管沈从文的姿态的确不同于"启蒙和指引恋人"的涓生、焕之,但这种爱的表白又何尝不是另一种意义上自说自话的独角戏呢。

实际上,这场爱恋在很长一段时间都是单方面进行的。张兆和对老师的频繁来信备感困扰,曾到中国公学的校长胡适那里寻求帮助,但他们的谈话似乎并不顺利。胡适建议她直接与沈从文沟通,但被无数青年人追求过的张兆和回答说,自己不可能"一一去应付"。胡适显然认为这些话颇具挑衅性,于是在给沈从文的信中这样写道[2]:

> 我的观察是,这个女子不能了解你,更不能了解你的爱,你错用情了……此人年太轻,生活经验太少,故把一切对她

---

[1] 原文出自1931年6月30日发表在《文艺月刊》上的《废邮存底(一)》。编辑《沈从文全集》的时候,张兆和将之命名为《由达园致张兆和》。《沈从文全集》第11卷,第91页。

[2] 以上经过参见《从文家书》,上海:上海远东出版社,1996年,第2—6页。

表示爱情的人都看作"他们"一类，故能拒人自喜。[1]

胡适信中使用的词是"了解"，而非"爱"。这一点不禁让人想起沈从文在致王际真的信里提到的"但我所望，就只是这年青聪明女人多懂我一点"。胡适想说的应是，一个追求者众多、沾沾自喜的少女根本无法理解被沈从文（那样优秀的文学者）所爱的价值。但"了解爱"究竟意味着什么？难道求婚者是优秀的文学家，就必须接受他的爱吗？阅读了胡适这封信的张兆和，在自己的日记中如是写道：

胡先生只知道爱是可贵的，以为只要是诚意的，就应该接受，他把事情看得太简单了。被爱者如果也爱他，是甘愿的接受，那当然没话说。他没有知道如果被爱者不爱这献上爱的人，而光只因他爱的诚挚，就勉强接受了它，这人为的非由两心互应的有恒结合，不单不是幸福的设计，终会酿成更大的麻烦与苦恼。[2]

张兆和当时只有二十岁，从这段日记来看，她的确如沈从文所言，是个"聪明"的女学生。而这段独白也可以看作子君"我是我自己的"这一宣言的变体。当胡适说沈从文"固执地爱你"，张兆和立即回答"可

---

[1]《从文家书》，引自张兆和日记，1930年7月14日所附同年7月10日胡适的信，第22—23页。
[2] 同上注，第23页。

我固执地不爱他"[1]。面对沈从文真挚的求爱,她此时行使的是拒绝这种爱的"自由"。年轻的张兆和成功地向世人证明,她可以自己决定自己的爱/性。

沈从文与张兆和,1935年

张兆和一直保持着沉默,没有对收到的情书做出任何回应。沈从文就在这样的苦恋中,写下了《萧萧》这篇小说。若说作家在《萧萧》中映射了自己与张兆和的关系,或许并不牵强。萧萧心心念念地憧憬着传闻中的女学生,然而作家却完全没有描写她最终见到女学生时的心理。这并不是因为双方的相遇无足轻重,而是因为对萧萧来说,这是一次不可言喻且"难以理解"的邂逅。事实上,在沈从文眼中,张

---

[1] 参见《曲终人不散——张允和自述文录》中张兆和的姐姐张允和的回忆,武汉:湖北人民出版社,2009年,第146页。

兆和可能也是一个"难以理解"的存在。虽然他经常在信中向她表达自己的爱意，但对他来说，张兆和似乎总是一个难以捉摸的、解不开的谜。沈从文的爱恋不同于涓生的雄辩，但它仍然不是双方的"对话"，而像是一方对恋爱体验的"独白"。

《萧萧》发表后不久，这段恋情出现了突变，张兆和终于决定接受沈从文的爱。沈从文去世后，张兆和写下"我不理解他"[1]，但沈从文又何曾理解过张兆和？在《萧萧》中，沈从文没有填补这种"不理解"和莫可名状的挫折感带来的空白，仅用"可以理解的"乡下人的语言来书写这个故事。

随着近代女子教育的推行和五四新思想的传播，希望自主地决定自己人生的新女性逐渐增多。爱与不爱、结婚与不结婚的选择已不再取决于家长或男性的决定，而是基于男女双方的相互确认。对爱上新女性的青年而言，恋人的自由意志在多数情况下都是美好的存在，但它有时也会变成一种负担，甚至是一种威胁。至于沈从文，他所爱的女学生则是一个巨大的"谜团"。无论是负担、威胁，还是谜题，对于男性作家来说，女学生一直是不能完全表象化的"他者"。有别于《伤逝》《倪焕之》的书写，《萧萧》中的女学生表象提供了一个男性作家审视独立自主女学生的全新视角。

---

[1] 沈从文：《沈从文别集·序文》，长沙：岳麓书社，1992年。

第四章

蓝衣少女

——张恨水和张爱玲笔下的理想女学生

新小说中的新女主人公

　　张恨水的理想可以代表一般人的理想。他喜欢一个女人清清爽爽穿件蓝布罩衫,于罩衫下微微露出红绸旗袍,天真老实之中带点诱惑性,我没有资格进他的小说,也没有这志愿。

——张爱玲《童言无忌》[1]

　　张恨水(1895—1967年)是活跃在20世纪30年代的通俗小说作家。他那压倒性的写作量和销售额,可以与同时代的日本作家大佛次郎(1897—1973年)比肩。鲁迅的母亲鲁瑞是张恨水的忠实粉丝。1934年,孝顺的鲁迅从上海给在北平的母亲寄去了十五本张恨水的新

---

[1] 张爱玲:《童言无忌·穿》,《天地》第7、8期合集,1944年5月,第15—19页。后收录于张爱玲《流言》,上海:中国科学公司,1944年。

书，他在信中写道："但男自己未曾看过，不知内容如何也。"[1]因为张恨水等作家创作的通俗小说经常描写男女间的爱恨离合，所以被称为鸳鸯蝴蝶派，并在文学革命前后受到知识分子的批判。

然而40年代，在日军占领下的上海风靡一时的张爱玲（1920—1995年）曾多次表示，自己作为作家出道以来，一直是张恨水的书迷。虽然张爱玲是中国现代恋爱小说史上不可或缺的作家，但她始终与以鲁迅为代表的新文学保持距离，并对通俗文学赞不绝口。[2]其中张恨水似乎是一个特别的存在。

在这里，让我们试着从张恨水的文本中推导出开头所引用的作为"一般人的理想"的女性形象。在20世纪30年代后期，当自由恋爱不再稀奇时，什么样的女主人公是"天真老实之中带点诱惑性"的女性呢？而这种"被喜爱的女性"形象在女作家张爱玲的小说中又是如何被表现的呢？

以城市地区为中心，随着基于浪漫恋爱的自由交往开始扎根，少女们在享有决定爱情自由的同时，还要接受"被异性喜爱/不被异性喜爱"的严酷选择。一个少年找到并爱上一个少女，以及一个少女爱上一个少年，这二者真的是对称的吗？

---

[1] 1934年5月16日的信件。《鲁迅全集》第13卷，第102—103页。
[2] 神谷まり子：「論張愛玲与上海近現代通俗文学——平襟亞、周瘦鵑、朱瘦菊与社会小説」，国士舘大学「教養論集」第72号，2012年。其中详细追溯了张爱玲与鸳鸯蝴蝶派作家之间的联系。

清纯装扮的女学生

让我们先来看看张恨水的长篇小说《金粉世家》[1]中,男主人公金燕西与女主人公冷清秋初次见面时的场景:

> 燕西的眼光,不知不觉地,就向那边看去。只见那女子绾着如意双髻,髻发里面,盘着一根鹅黄绒绳,越发显得发光可鉴。身上穿着一套青色的衣裙,用细条白辫周身来滚了。项脖子披着一条西湖水色的蒙头纱,被风吹得翩翩飞舞。燕西生长金粉丛中,虽然把倚红偎翠的事情看惯了,但是这样素净的妆饰,却是百无一有。他不看犹可,这看了之后,不觉得又看了过去。只见那雪白的面孔上,微微放出红色,疏疏的一道黑刘海披到眉尖,配着一双灵活的眼睛,一望而知,是个玉雪聪明的女郎。

金燕西是名门金家的后嗣,也是一名纨绔子弟,这让人联想到《红楼梦》的主人公贾宝玉。见惯了靓妆炫服的女人的金燕西,第一次在北京郊区的野餐中看到名叫冷清秋的女学生。毕竟,那蓝色衣裙滚白边的"清纯打扮"和一眼就能看出的"智慧"给人带来了巨大的冲击。在小说的前半部分,清秋的服装大多是"白色""灰色""蓝色""藏青色"等素淡色调,这给燕西留下了"清纯"和"淡雅"的好印象。

---

[1] 1927年2月14日至1932年5月22日于北平《世界日报》连载。1935年由上海世界书局出版。本书所用文本引自《金粉世家》(上、中、下),太原:北岳文艺出版社,1993年。

张恨水喜欢把"朴素而干净的衣服"和"隐藏在谦逊下的修养"作为少女的魅力描写出来，而这两点无疑是人们所期待的这一时期女学生拥有的属性。

然而有趣的是，尽管书中一再强调清秋是个优等生，比如她擅长中国古典文学，写得一手好字，还会作诗，但是几乎没有关于她学校生活的描述，学校的朋友也没有发挥重要作用。故事情节主要由围绕着金家的各阶层人物推动（又让人想起《红楼梦》），除清秋之外的女学生仅仅以一种走过场的方式出现。在这部小说中，清秋在学校接受教育的唯一意义，似乎只是让她获得了"规规矩矩的女学生"这一谦逊而现代的身份而已。换句话说，《金粉世家》的主要内容是围绕着以金家为中心的古典式的人际关系而展开的故事，作为女学生的女主人公所具有的现代性不过是一味调料罢了。

将少女从学校环境中分离出来，只看好她们的"（类似）女学生"属性的目光，也可以在《啼笑因缘》[1]中找到。这是张恨水最受欢迎的作品，多次被改编成电影或电视剧。故事开始时，在北平天桥以唱大鼓书为生的女主人公沈凤喜，受到了资本家子弟樊家树的注意，并获得了他的一大笔赏钱。一直穿着"蓝竹布长衫"唱大鼓书的凤喜，再次见到家树时换上了"女学生式"的打扮。在这里与《金粉世家》一样，强调了穿着蓝衣的清纯女学生（风）打扮的魅力：

　　看她身上，今天换了一件蓝竹布褂，束着黑布短裙，

---

[1] 1930年3月17日至11月30日于上海《新闻报》连载。本书所用文本引自《啼笑因缘》，太原：北岳文艺出版社，1993年。

下面露出两条着白袜子的圆腿来,头上也改绾了双圆髻,光脖子上,露出一排稀稀的长毫毛。这是未开脸的女子的一种表示。然而在这种素女的装束上,最能给予人一种处女的美感。家树笑道:"今天怎么换了女学生的装束了?"凤喜笑道:"我就爱当学生。樊先生!你瞧我这样子,冒充得过去吗?"家树笑道:"岂但可以冒充,简直就是么!"

这次对话后,家树让凤喜停止在街头卖唱,并让她进入职业学校补习班,使她在名义上和事实上都变成一个"女学生"。他还令她搬到一个安静的房子里,以便自己可以经常出入此地,指导凤喜的穿着和阅读的同时,把她培养成自己所喜欢的女性。家树和金燕西一样喜欢"清新淡雅"的"女学生",他就像《窈窕淑女》中所描述的那样,努力把唱大鼓书的少女改造成一个女学生。在《啼笑因缘》中,一个有着与沈凤喜相似面容的富家千金何丽娜,出现并爱上了家树,但家树无法掩饰自己对她那西洋式华服和社交场上熟练举止的反感。在张恨水的小说世界里,同时期上海流行的现代派作家穆时英所描绘的艳丽迷人的摩登女性,只能成为被敬而远之的配角。

然而,忌讳主动的/西洋式的女性,并不意味着张恨水笔下的女学生(式)的女主人公们是纯洁高雅、任人摆布的被动存在。在《金粉世家》的开头,清秋被描绘成一朵被暮色笼罩的白百合,但她不仅可以估算燕西对她的感情,还可以按照自己的意愿来引导关系的发展。例如,她对燕西一再赠送昂贵的衣服和装饰品感到诧异,却并没有将礼物归还。在《啼笑因缘》中,如愿以偿成为女学生的凤喜,因为"同学都有"

便要求家树给她买"手表、高跟皮鞋和白纺绸围巾",几天后又要求买"自来水笔和玳瑁边眼镜",这些显示了30年代北平女学生风俗的物品。对凤喜来说,把自己打扮成一个女学生,比获得教育本身更加重要。

事实上,"女学生式的打扮"并不总是被认为是纯洁可爱的。据服饰研究者谢黎称,在20年代初的上海,女学生偏离了传统的女性观,作为自由进出公共空间的女性,她们甚至相当接近于妓女。换句话说,作为传统女性观的反叛者和新的穿衣方式的承载者,妓女的时尚因此而活跃。后来这种时尚被女学生这一新奇的存在所接受,结果在一般女性当中流行起来。[1]

从当时的报纸专栏中可以看出,服饰比教育更被看作"女学生的标志"。在没有接受采访的情况下,一名未受教育的女性以"女学生"的身份出现在报纸上。该文章论述道:"她被这样称呼的原因仅仅是她剪了头发,穿了皮鞋和长袜。如果是这样的话,那么所谓的'女学生'称呼只不过是指穿着新式服装的少女。[2]"

社会普遍认为,比起学识,衣着打扮(没有缠足的脚上穿着丝袜和皮鞋)和发型(清秋出生以来第一次剪头发的场景,强调了这一行为的现代性)更能凸显女学生的身份特征。张恨水所描绘的女学生与这种观念相联系,即无视"学校"这一空间,通过服装、教养和说话方式来(向社会)传达着这种"女学生的形象"。

---

[1] 謝黎:『チャイナドレスをまとう女性たち——旗袍にみる中国の近・現代』,東京:青弓社,2004年,第96頁。

[2] 1933年9月26日登载于《申报·自由谈》。执笔者为作家许钦文。

被凝视与被消费的少女

那么，在现实中毕业于上海一所女子学校的张爱玲，又是如何描绘女学生的呢？在她震惊上海文坛的处女作《沉香屑：第一炉香》[1]中，女主人公葛薇龙在日本侵华战争爆发后，逃离战火纷飞的上海，来到香港的一所中学读书。让我们来看看她初次登场时的场景：

> 葛薇龙在玻璃门里瞥见她自己的影子——她自身也是殖民地所特有的东方色彩的一部分，她穿着南英中学的别致的制服，翠蓝竹布衫，长齐膝盖，下面是窄窄裤脚管，还是满清末年的款式；把女学生打扮得像赛金花模样，那也是香港当局取悦于欧美游客的种种设施之一。……
>
> 薇龙对着玻璃门扯扯衣襟，理理头发。她的脸是平淡而美丽的小凸脸，现在，这一类"粉扑子脸"是过了时了。她的眼睛长而媚，双眼皮的深痕，直扫入鬓角里去。纤瘦的鼻子，肥圆的小嘴。也许她的面部表情稍嫌缺乏，但是，唯其因这呆滞，更加显出那温柔敦厚的古中国情调。……曾经有人下过这样的考语：如果湘粤一带深目削颊的美人是糖醋排骨，上海女人就是粉蒸肉。薇龙端相着自己，这句"非礼之言"蓦地兜上心来。她把眉毛一皱，掉过身子去，将背倚在玻璃门上。

---

[1] 1943年5月、6月登载于《紫罗兰》第2期、第3期。后收录于《传奇》，上海：杂志社，1944年8月。

将这一女主角登场的情景与张恨水所描绘的情景相比较的话，可以发现几个有趣的地方。首先，张恨水笔下的女学生是十分清纯的，而张爱玲笔下的女学生则是被形容为"穿着像妓女一样的衣服"。在这里，薇龙穿的似乎是如今在香港还能偶尔见到的奥黛式服装，叙述者从中看到了城市规划的一部分，那就是迎合"来自西方的游客"的意识。而且，薇龙在镜子里发现了自身所具备的商品价值。作为一个皮肤白皙的上海美女，她不仅被比喻为"粉蒸肉"，还被预言最终将成为性消费的对象。

此外，在张恨水的小说中，发现、叙述和赞美女学生（式的）女主人公美貌的行为，被委托给与男主人公的目光重合在一起的叙述者。而在张爱玲的小说中，薇龙自己在玻璃门映出的倒影中确认了自己的外貌。纵观整个故事，张恨水塑造的两位女主人公都以自己清纯的（女学生式的）美貌为筹码，成功地从富有的男主人公那里榨取了金钱。但薇龙决定把自己的美貌变为金钱，供养乔琪乔这个不爱自己的男人。让我们来看看从薇龙视角叙述的二人初次邂逅的场景：

> 乔琪乔和她握了手之后，依然把手插在裤袋里，站在那里微笑着，上上下下地打量她。薇龙那天穿着一件磁青薄绸旗袍，给他那双绿眼睛一看，她觉得她的手臂像热腾腾的牛奶似的，从青色的壶里倒了出来，管也管不住，整个的自己全泼出来了；连忙定了一定神，笑道："你瞧着我不顺眼么？怎么把我当眼中钉似的，只管瞪着我！"乔琪乔道："可不是眼中钉！这颗钉恐怕没有希望拔出来了。

留着做个永远的纪念罢。"

乔琪乔是一个浪子,他的母亲是从事皮肉生意的葡萄牙人,父亲则是用钱买了爵位的中国人。薇龙听说过关于他的坏传闻,但与他面对面交流还是第一次。然而,对乔琪乔外貌的唯一描写是他有一双"绿眼睛"。薇龙的注意力没有集中在形容初次见面的乔琪乔身上,而是集中在与他接触时自己身上发生了什么。在小说开头,薇龙将"粉蒸肉"叠加在自己的形象上,而此处她将自己比作从"青色的壶"中不断倒出的热牛奶。虽然叙述的主体仍然是薇龙本人,但是她有意识地将自己作为一个被凝视、欣赏和品味的客体来表现。《金粉世家》和《第一炉香》的共同点是,它们都描述了一对年轻男女初次见面时,主人公对对方"一见钟情"的样子。张恨水所塑造的男主人公并不关心自己在对方眼中的形象,而是把女学生作为一个被凝视的主体来欣赏、描述和评价,然后采取一个又一个行动来拥有对方。与此不同,张爱玲笔下的女主人公纠结于反映在对方目光中的自我形象,并因此失去了自由。乔琪乔宣告:"薇龙,我不能答应你结婚,我也不能答应你爱,我只能答应你快乐。"薇龙的绝望在下面的场景中得到了体现:

> 薇龙抓住了他的外衣的翻领,抬着头,哀恳似的注视着他的脸。她竭力地在他的黑眼镜里寻找他的眼睛,可是她只看见眼镜里反映的她自己的影子,缩小的,而且惨白的。她呆瞪瞪地看了半晌,突然垂下了头。

就像他们初次见面时一样，薇龙仍然无法从主体的视角观察并描述乔琪乔。她只知道在乔琪乔的眼中反映出的是"她自己的影子，缩小的，而且惨白的"。虽然叙述的角度交到了薇龙手中，但是她只能看到自己被乔琪乔摆布的模样。最后，薇龙选择通过成为一名高级妓女来继续供养乔琪乔。正如故事开头所预示的那样，在殖民统治时期的香港，她被当作美味的"粉蒸肉"所消费了。

作为比较，让我们来看看张恨水《啼笑因缘》中的离别场景。被财富冲昏头脑的凤喜决定嫁给一个军阀将军，并将一张巨额支票作为离别礼物交给了家树。但是，当家树得知凤喜的背叛并不是因为任何人的强迫，而是她自己的意愿时，他大笑着撕碎了支票，并在祝贺凤喜成为"将军夫人"后离开了。家树的行动是那么高洁，对于读者来说也是一种精神上的宣泄。

香港学者许子东对这种"可了解性"的描述如下：

> 在《啼笑因缘》里读者也可以追随樊家树的品味去了解、选择三个不同的女人。但在《第一炉香》（以及《倾城之恋》或张爱玲的其他小说里），读者是无法通过男主人公的视角去认识女人及把握世界的——因为这些男人，哪怕颇有"五四"书生气留学归来懂得新潮见多识广，却并不如我们读者般了解和他们"执手"、接吻乃至做爱的女人。[1]

---

[1] 许子东：《一个故事的三种讲法——重读〈日出〉〈啼笑因缘〉和〈第一炉香〉》，王晓明主编：《二十世纪中国文学史论》第2卷，上海：东方出版中心，1997年。

到目前为止，我们已经说明了张爱玲所描绘的女主人公并不具有"观看主体"的功能，但许子东从另一个角度论证了张爱玲小说中男女之间的"不可了解性"。那么，女主人公作为客体所产生的折射目光，以及两性之间绝望的"不可了解性"又是从何而来呢？

理想的少女形象

现在让我们回到开头所引用的那句话，从传记的角度来探讨张爱玲的"理想少女"形象。

据张爱玲学生时代的老师说，张爱玲瘦骨嶙峋，不烫发，衣饰也并不入时，是一个不惹眼的存在。[1]在张爱玲晚年出版的自传性散文《对照记》[2]中，有一张学生时代的张爱玲和她姑姑的照片，她那像竹竿般纤细的四肢从松垮的旗袍中伸出来（见下页图）。在这张照片拍摄后大约五年，由于太平洋战争的爆发，张爱玲被迫从香港大学退学，回到上海开始她的写作生涯。后来成为她丈夫的胡兰成（1906—1981年）回忆当时的张爱玲如下：

> 我一见张爱玲的人，只觉与我所想的全不对。她进来

---

[1] 汪宏声：《中学时代轶事》，《语林》第1卷第1期，1944年12月。本书所用文本引自《永远的张爱玲》，上海：学林出版社，1996年。

[2] 1993年11月开始连载于台北杂志《皇冠》。本书所用文本引自《对照记——1990年代散文》，台北：皇冠出版社，1994年。

张爱玲与姑姑，照片出自《对照记》

客厅里，似乎她的人太大，坐在那里，又幼稚可怜相，待说她是个女学生，又连女学生的成熟亦没有。……后来我送她到巷堂口，两人并肩走，我说："你的身裁这样高，这怎么可以？"只这一声就把两人说得这样近，张爱玲很诧异，几乎要起反感了，但是真的非常好。[1]

---

[1] 胡兰成：《今生今世》，台北：远景出版，1976年，第170页。

在这里所呈现的就是张恨水式的凝视、鉴赏和评价女性的目光。当胡兰成对着初次见面的女性说"你的身裁这样高，这怎么可以"时，她表示了反感。然而他又厚颜无耻地将此事描述成"只这一声就把两人说得这样近""真的非常好"。此后，胡兰成疯狂地爱上了张爱玲，不久他们就结婚了。但是胡兰成并没有收敛从婚前就存在的放荡行为，几年后张爱玲因为屡遭背叛而断绝了这段关系。

尽管胡兰成反反复复地记录了自己的背叛和张爱玲对此的反应，但张爱玲对这段感情的看法直到在2009年出版的自传体小说《小团圆》[1]中才得以揭露，那时的她已经亡故。值得注意的是，在《小团圆》中也没有太多对胡兰成（小说中的名字为邵之雍）外貌的描述。正如《小团圆》主人公的丈夫邵之雍，即作为原型的胡兰成在其自传《今生今世》中所详细介绍的那样，胡兰成在上海与女作家（小说中的名字为九莉）结婚后不久去武汉创业，在那里与十七岁的护士小康（真实姓名为小周）发生了恋爱关系。任何时候都是"堂堂正正男子汉"的邵之雍，毫不隐瞒地将他的新恋情报给了在上海的九莉。

> 她笑道："小康小姐什么样子？"
>
> 他回答的声音很低，几乎悄然，很小心戒备，不这样不那样，没举出什么特点，但是"一件蓝布长衫穿在她身上也非常干净相"。
>
> "头发烫了没有？"

---

[1] 张爱玲去世后，该书于2009年4月由皇冠出版社和十月文艺出版社出版。本书所用文本引自皇冠出版社版本。

"没烫，不过有点……朝里弯"，他很费劲的比划了一下。

正是她母亲说的少女应当像这样。

在这里，我们再次见到了一个身穿"蓝色布衣"的清纯少女。虽然小康是个护士，不是女学生，但她是本章开头所述的张恨水笔下的理想少女，一个可以通过清纯装束发出微弱诱惑信号的少女。

胡兰成本人对这段感情是如何叙述的呢？在他的自传《今生今世》中，他非常详细地描写了这次"婚外恋"，其中一部分内容如下：

> 那周小姐，女伴都叫她小周，我不觉得她有怎样美貌，却是见了她，当即浮花浪蕊都尽，且护士小姐们都是脂粉不施，小周穿的一件蓝布旗袍。
>
> 她的做事即是做人，她虽穿一件布衣，亦洗得比别人的洁白，烧一碗菜，亦捧来时端端正正。

一个十七岁的女孩，穿着洗褪了色的蓝布棉旗袍，勤奋地工作。她的魅力肯定与"身裁这样高""连女学生的成熟亦没有"的张爱玲截然不同。胡兰成还写道：

> 我与爱玲说起小周，却说的来不得要领。一夫一妇原是人伦之正，但亦每有好花开出墙外，我不曾想到要避嫌，爱玲这样小气，亦糊涂得不知道妒忌。

张爱玲"糊涂得不知道妒忌"的说法大概并不是事实。而胡兰成自己也可能在知道情况并非如此的前提下，故意写下了这段话。让我们停止对此事的进一步探究，回到先前引用的《小团圆》中的话，即"母亲说的少女"这一叙述。丈夫除了自己之外所爱的少女的形象，似乎触发了深藏在女主人公九莉记忆深处的与"母亲"有关的创伤。在《小团圆》中，张爱玲倾吐了围绕着母亲的复杂情感，这甚至超出了她与胡兰成的关系。对母亲又爱又恨的情结，像个无法打破的魔咒般持续折磨着九莉。关于她"母亲说的少女"这句话，可以在小说的前半部分找到伏笔：

> 她常说"年青的女孩子用不着打扮，头发不用烫，梳的时候总往里卷，不那么笔直的就行了"。九莉的头发不听话，穿楚娣的旧蓝布大褂又太大，"老鼠披荷叶"似的，自己知道不是她母亲心目中的清丽的少女。

张爱玲的母亲黄逸梵（？—1957年）是一位精致华贵的丽人，这一点可以从《对照记》中的照片（见下页图）看出。在《小团圆》中，描述了离婚后仍然作为交际花活跃在社交场上的母亲，对女儿并不是"理想少女"感到沮丧的样子，以及女儿在面对这样的母亲时只能保持沉默，甚至想要从这个世界上消失的绝望感。

不化妆，不烫发，只是头发向内微卷，有一丝淡淡女人味的清纯少女。对张爱玲来说，她母亲所要求的（但她无法满足的）理想女儿的形象，大概与张恨水所描绘的女学生形象重合了。清纯可爱的女学

张爱玲母亲黄逸梵,照片出自《对照记》

生形象被牢固地确立为普通人的理想,这也意味着绝大多数像张爱玲这样无法成为"理想少女"的少女被边缘化。

1944年5月,已经获得经济独立的张爱玲写下了本章开头的散文。当月胡兰成与第三任妻子离婚,又在夏天与张爱玲结婚。[1]当张爱玲写到,她没有资格也没有意愿成为张恨水小说中登场的清纯少女时,可以说她与胡兰成的关系正处于热恋期。这年夏天,关于新婚的二人在张爱玲公寓里生活的样子,胡兰成写道:

---

[1] 本书中所有涉及张爱玲传记的内容均来自张惠苑编:《张爱玲年谱》,天津:天津人民出版社,2014年。

夏天一个傍晚，两人在阳台眺望红尘霭霭的上海，西边天上余辉未尽，有一道云隙处清森遥远。我与她说时局不好，来日大难，她听了很震动。汉乐府有"来日大难，口燥唇干，今日相乐，皆当喜欢"，她道："这口燥唇干好像是你对他们说了又说，他们总还不懂，叫我真是心疼你。"又道："你这个人嗄，我恨不得把你包包起，像个香袋儿，密密的针线缝缝好，放在衣箱藏藏好。"不但是为相守，亦是为疼惜不已。随即她进房里给我倒茶，她拿茶出来走到房门边，我迎上去接茶，她腰身一侧，喜气洋洋的看着我的脸，眼睛里都是笑。我说："啊，你这一下姿势真是艳！"她道："你是人家有好处容易得你感激，但难得你满足。"她在我身旁等我吃完茶，又收杯进去，看她心里还是喜之不尽，此则真是"今日相乐，皆当喜欢"了，虽然她刚才并没有留心到这两句。[1]

　　尽管预感到了太平洋战争的结束和时局的动荡，但据胡兰成说，此时的二人惺惺相惜并过着"欢喜"的日子。这年秋天，为了接管亲日系的大楚报社，胡兰成动身前往武汉。当他在第二年即1945年春天回到上海时，他已经与上文提到的年轻护士发生了恋情。丈夫的新欢，即"穿着蓝色布衣的清纯少女"，是母亲希望自己能够成为的理想少女，也是张恨水笔下一般人的理想。口燥唇干的大难，并不仅仅指国家的危机。

---

[1]　胡兰成：《今生今世》，第192—193页。

蓝衣的季节

蓝衣是整个民国时期女学生的标志。20年代末,从德国进口的合成染料阴丹士林蓝,因其不易褪色的优点迅速垄断了中国的染料市场。[1]在海报(见下页图)中,可以看到一个正好"头发向内微卷"的女性,穿着"文雅而节俭的女学生选用"的阴丹士林蓝的衣服。[2]

在北京长大的作家林海音(1918—2001年)谈起对蓝衣的迷恋时,有着如下回想:

> 刚一上中学时,最高兴的是换上了中学女生的制服,夏天的竹布褂,是月白色——极浅极浅的蓝,烫得平平整整;下面是一条短齐膝盖头的印度绸的黑裙子,长统麻纱袜子,配上一双刷得一干二净的篮球鞋。……三五成群,或骑车或走路。哪条街上有个女子中学,那条街就显得活泼和快乐,那是女学生的青春气息烘托出来的。[3]

林海音这段回忆中的自画像,就是张恨水笔下天真烂漫的女学生。她们无邪地穿越沉默的人群,度过了短暂的学生时代。有一天,当她

---

[1] 阴丹士林蓝和民国文学的有关内容,参考张小虹著,滨田麻矢訳:『戦争の流変——分子』,滨田麻矢等編:『漂泊の叙事——1940年代東アジアにおける分裂と接触』,東京:勉誠出版,2015年,第43—62页。

[2] 20世纪30年代中期阴丹士林蓝布的广告海报,画家不明。Ng Chunbong, et al., editors. *Chinese Woman and Modernity: Calendar Posters of the 1910-1930s*, Hong Kong: Joint Publishing, 1996, p. 96.

[3] 林海音:《蓝布褂儿》,《联合报》第6版,1961年11月8日。

进口染料制布成衣的广告海报,20世纪30年代

们其中的一个落入爱情的圈套，大概可以想象她便会成为《金粉世家》里的冷清秋。但是，女学生们绝不都是那样"活泼和充满喜悦"的。正如在第一章中所看到的那样，即使在女子学校这样的封闭空间里，也存在着等级制度和排斥现象。而她们最终被男人选中，坠入爱河，并因此而走向不同的未来。

当作为女学生的群体被识别为个体，并被视为恋爱对象时，她们脱离了学校，开始了浪漫恋爱的冒险。张恨水和张爱玲都因他们所创作的以蓝衣少女为主角的浪漫小说和冒险故事而成为畅销书作家，但女主人公给人的印象却有很大差异。张恨水的小说写的是"把清纯的女学生培养成理想女性"的愿望，而在张爱玲的小说中可以感受到的是，一种冷静地观察着被爱情愚弄的女学生的自嘲目光。

第五章

台湾少女的学校生活
——杨千鹤的日语创作

同时期的台湾

张爱玲活跃于上海文学界时,台湾已被割让给日本近五十年之久了。在这个与祖国大陆隔海相望的岛屿上,年轻人浸染着从日本传来的流行文化,其中处于社会中心的精英阶层已经可以在日常生活中流利自如地使用日语。

但要在日据时期的台湾女性中寻找表现者的声音并非易事。陈芳明的《台湾新文学史》[1]只介绍了这一时期两位女性作家——辜颜碧霞(1914—2000年)和杨千鹤(1921—2011年),并且她们的创作都没有对当时的文坛产生很大的影响,毕竟可以将日语作为书面语运用自如的女性实属凤毛麟角。

本来女性的自我表达被视为一种禁忌。辜颜碧霞嫁给辜显荣的长子,成了台湾屈指可数的名门望族中的一员。1942年她出版了日文自传式中篇小说《流》,但由于描绘了台湾的家族社会,这部小说被当作"一

---

[1] 陈芳明:《台湾新文学史(世纪典藏精装版)》,台北:联经出版,2011年,第166页。

族之辱",一经出版就被亲戚们自发回收。直到战后五十年,连作者本人也几乎忘掉这件事时,小说才被译介成中文自费出版。[1]王昶雄(1916—2000年)为这部执笔五十年后才重见天日的小说写下序言。他的看法可以代表日据时期台湾女性文学受到的普遍性评价。在他眼中以随笔、杂文为主的女性文学不过是"小巫的,自娱的,闺情的",即便"踏破铁鞋"也找不到任何有关小说创作的东西。[2]

但是随着近些年对日据时期女性文化的重新审视[3],可以在学位论文[4]及女性文学的选集[5]中看到女作家也是台湾最初的女记者——杨千鹤的名字。本章聚焦于生活在日据时期的杨千鹤,通过她的女校经历和作品,探究她与日本同龄女孩之间的连带和分歧。

"新女性"杨千鹤

1921年,杨千鹤出生于台北市儿玉町(今南昌街一段)。她是四个兄弟和三个姐妹中最小的一个。按照当时台湾的习俗,姐姐们刚出

---

[1] 河原功:「日本統治期台湾での『検閲』の実態」,2005年度財団法人交流協会日台交流センター 日台研究支援事業報告書,2005年,第19页。

[2] 王昶雄:《序〈流〉——贴心之作、其流凉净》,辜颜碧霞著:《流》,台北:草根出版社,1999年。

[3] 吕明纯:《徘徊于私语与秩序之间——日据时期台湾新文学女性创作研究》,台北:台湾学生书局,2007年。

[4] 例如陈怡君:《日治时期女性自我主体的实践——论杨千鹤及其作品》,成功大学台湾文学研究所硕士论文,2007年6月。

[5] 林智美译:《花开时节》,邱贵芬编:《日据以来台湾女作家小说选读(上)》,台北:女书文化,2001年。

生不久就被送给人家做养女。而父母年事已高时才出生的千鹤，从小在母爱的包围下长大，但母亲在她十五岁那年离世。千鹤从台北静修女子中学毕业后，进入台北女子高等学校，毕业后在台北帝国大学理农学部担任日本教授的助手，但同等的工作条件下她的工资低于日本人，对此深感不满的杨千鹤立刻表示抗议并提出辞呈。

1941年6月，杨千鹤成为台湾日日新报社家庭文化版的记者。当时担任刊物文艺部长的是致力于在台文艺活动的西川满。她答应西川满进入报社提出的唯一要求就是薪资要与日本人平起平坐。借由这份工作，杨千鹤结识了张文环、吕赫若、龙瑛宗、杨云萍、吴新荣、金关丈夫、池田敏雄和立石铁臣等台湾文学界名士。同年9月，她在《文艺台湾》发表了随笔《哭婆》。由于此前日本人嘲笑台湾本地妇女在葬礼上大声哭泣的习俗，杨千鹤在文中表达了对日本人的抗议，并引起了社会层面的关注。太平洋战争爆发后，杨千鹤于1942年4月辞去报社职务，继续在《民俗台湾》等刊物上发表反映台湾女性面貌的随笔。同年7月，她于《台湾文学》[1]发表了自己唯一的小说《花开时节》。

但在1943年6月，杨千鹤也嫁入台北名门林家，同年11月写完随笔《女人的宿命》后就此搁笔。战后，杨千鹤跟随丈夫移居台东，在当地担任县议员，1953年与家人一起返回台北。由于丈夫被国民党逮捕，杨千鹤一边从事文职工作，一边养育着二儿一女。1977年，她与女儿、女婿一起移居美国。

---

〔1〕 河原功・中島利郎編：『日本統治期台湾文学台湾人作家作品集』第五卷，東京：綠蔭書房，1999年，第297—313页。译文参考陈晓南译《花开时节》（收录于小说集《阉鸡》，台北：远景出版社，1979年）。

杨千鹤在台北女子高等学校时的制服照，1938年

陪伴她多年的丈夫于1988年去世后，杨千鹤再次开始创作。1989年，出席了筑波大学举办的台湾文学研讨会后，她再次开始用日语创作和出版有关文坛和自己人生的回忆性文章。1993年，《人生的三棱镜》在日本出版，其后两年中文译本在台湾出版。除此之外，从1998年到2001年，台北南天出版社共计出版了三卷本的《杨千鹤作品集》，其中收录了她所有的日文著作和代表作的中文版。[1]

在杨千鹤出生的20世纪20年代，随着"社会中上阶层女子教育的普及，台湾出现了进学高等女校（相当于中学教育）的'高女热'

---

[1] 本章提及的杨千鹤的传记经验，具体参见杨千鹤：《人生的三棱镜》（杨千鹤作品集一），台北：南天书局，1998年。本书所用文本引自考张良泽、林智美译：《人生的三棱镜》，台北：前卫出版社，1995年。

风潮"[1]。与此同时，"从女儿到妻子这一传统的女性人生历程中也新增了名为女学生的暂缓期"[2]。在这种历史背景下，使用日语的新一代的台湾女性被称为"新女性"、"新妇人"或"新女"，与未受教育或只接受过中华传统教育的女性区分开来。[3]这一时期，"新女性"的概念广泛流行，出身于城市中产阶级家庭的杨千鹤也自然希望从公立学校（以台湾人子弟为对象的初级教育机关）升入高等女子学校。尽管当时优秀的女学生们都渴望进入官立高等女子学校，但除非是毕业自小学校（主要以日本人子弟为对象的初级教育机关），否则很难进入位于金字塔顶端的台北第一高女、第二高女这两所名校。每年能通过第一高女和第二高女考试的台湾学生只有两三人而已。

当时指导杨千鹤的日本老师鼓励她参加第一高女的招生考试，这在杨千鹤就读的公立学校可谓闻所未闻。但千鹤的家人均持反对意见，认为这只是"老师为提高自己实绩的手段"，并劝她报考主要招收台湾学生的第三高女。经过一番犹豫，千鹤决心报考介于三者中间的第二高女。但因学校似乎只有一个进入第二高女的名额，所以她不得不与才华横溢且早就决定升学的朋友展开竞争。败下阵来的千鹤最终放弃了官立高等女子学校。在自传《人生的三棱镜》中，她感慨万千地记录了时隔四十年后，在台北再次见到当年那位日本人老师时，他所说的第一句话：

---

[1] 洪郁如：『近代台湾女性史——日本の植民統治と「新女性」の誕生』，東京：勁草書房，2001年，第155页。

[2] 同上书，第159页。

[3] 同上书，第151页。

长年搁在心头的事,非先讲出来不可。我得先向你道歉,否则过意不去。……

那时我实在太年轻太不懂事了。我不知道政府当局连入学考试也对台湾人那样不公平的差别待遇,所以劝你考第一高女,结果误了你的前途!

即使在"高女热"席卷社会,就读女子学校已经不再稀奇的时代,在日据时期台湾,仍然有实力以外的因素渗透到学校的排名中。杨千鹤在这些无形的力的摆布下,放弃了官立高等女子学校,决定进入本市的教会学校——静修高等女子学校。她虽在自传中写道:远离了公立学校那种"强行把台湾女性训练成大和抚子的刻板校风",能够自由自在地度过青春时代,是件非常幸福的事情,但在官立学校至上的风潮中成为落伍者,这可能是杨千鹤青春时代遭遇的第一次挫折。不过也正是因为在静修高等女子学校,她才能师从小说家滨田隼雄(1909—1973年)学习"国文"。而且,对杨千鹤来说,她的第一部也是最后一部小说《花开时节》,正是描写了她在这所学校毕业前后内心的波澜,这部作品也由此引发了社会的广泛关注。

从少女到少妇

根据日本学界盛行的少女研究来看,"少女"这一概念不过是在现代女子教育制度下诞生的产物。高等女子学校制度将"少女"从传统女性的人生历程中分离出来，使她成为游离于幼女和人妻之间的存在。[1]换言之，"虽然拥有可以生育的身体，但推迟履行结婚义务的时期"就是"少女期"[2]。

如前节所述，在台湾享受这种暂缓期的少女们，即便已经到了传统社会的适婚年龄，仍然可以上学读书并与同龄人建立友谊。这样的少女最早出现在日据时期。但与作为范本的日本一样，台湾的女子教育也与毕业后的经济独立完全无关。小山静子认为明治时期出现的"贤妻良母"思想虽然"意味着女性被视作担任妻/母社会角色的具体的国民"，但"作为母亲抚养和教育子女的责任远比妻子的责任更为重要"[3]。社会对受教育女性的期待在于养育年幼的国民，而不是开创和发展她们自己的事业。事实上即使是在台湾，也有很多女学生一毕业（或者在毕业前）就订婚或结婚，并开始为生育做准备。不过那段在女校中得以暂缓结婚或生育的自由时光，恐怕会令少女们对包办婚姻愈发感到反感。并且，她们越是从读书和交友中找到意义，就应该越厌恶被从少女共同体中剥离，作为闯入者被丢进夫家的命运。文学作品中包含表现少女们对这条既定道路的排斥的描写，也就不足为奇了。

少女们的这种厌恶感当然也出现在中国大陆。如第一章和第二章所述，庐隐以北京高等女子师范学校为背景的小说《海滨故人》，正

---

[1] 本田和子：『女学生の系譜——彩色される明治』，東京：青土社，1990年，第186—187页。
[2] 渡部周子：『〈少女〉像の誕生——近代日本における「少女」規範の形成』，東京：新泉社，2007年，第33页。
[3] 小山静子：『良妻賢母という規範』，東京：勁草書房，1991年，第65页。

以缠绵的笔调描绘了面临毕业的五个女学生对彼此间羁绊的留恋与不舍。毕业后她们有的开始工作,有的则试图克服种种障碍实现自由结婚。但无论哪种情况,她们的旅途都蒙上了忧郁的色彩。因为她们心中非常清楚,一旦离开女子学校这座乐园,女学生之间紧密的连带关系就会被无情斩断,现在的友谊也将变得触不可及。

在1942年杨千鹤以日语发表的《花开时节》中,这种忧郁也几乎以相同的形式重复出现。小说的开头,即将从女校毕业的惠英(叙述者"我")不安地观察着已经订婚的朋友:

> 不知她们的心灵中如何复杂的交织着"道别少女生活"和"憧憬绮丽的结婚生活"。上课时那些已经订婚的同学似乎在专注地听课,而我则对她们的真实想法充满好奇。

"这次毕业,就是决定每个人命运的时候了,摆在眼前的是结婚,以及人生必然会遭遇到的不安和伤感。只是谁也没有说出来,而把它埋在内心的深处。"随着毕业的临近,结婚的压力悄悄地降临在惠英她们身上。在大约四十人的班里,属于本岛人的团体只有三组。其中惠英与"令老师们感到头痛的'洒脱不羁'型的朱映、翠苑"非常亲近。与毫不犹豫地步入婚姻状态的同学相比,她们对自己的未来更加感到忧虑与忧愁:

> 我们讨论起毕业互相分开,谁结婚的话我们的友情是否还会继续。

> "莫洛亚曾这样说:'即使婚姻美满,但至少在短暂间仍会扼杀少女时期的友情。因为两种同样热烈的感情是无法同时并存的。'你们认为怎么样呢?"
>
> 遗憾的是,翠苑、朱映和我,在还没有找出反驳这种看法时,就在萤窗映雪的骊歌中踏出校门了。

这里引用了法国文学评论家安德烈·莫洛亚(1885—1967年)《婚姻、友谊和幸福》中的论述。1939年岩波书店推出了河盛好藏译介的日文版。在这个时代,日文教养书一经出版就传到台湾,受到年轻人的喜爱。

毕业后的惠英厌倦了一次次的提亲,她在心中默默思考着女性的一生:

> 女人的一生,不就是从婴儿期,经过懵懂的幼年期,然后就是一个接一个学校地读个没完,而在尚未喘完一口气时,就被嫁出去,然后生育孩子……不久就老死了。在这个过程之中,难道就可以将意志和感情完全摒弃,只需凭着命运的安排即可?说实在,我对这些没有什么看法,只是对毫无任何心理准备的结婚,不能不感到不安与疑惑。难道每一位结了婚的同学真的都是在自己的同意下做选择吗?只凭一时冲动,就可以决定自己的终身吗?我只想静下来,好好地想一想。我需要了解我自己,把握我自己。二十年来,在痛苦与哀伤之余,我已没有充分的时间,好

好地了解我自己。这并不是过分的慎重，只不过是我那倔强的脾气作祟，不肯随便地答应出嫁罢了。

在那个年代，女性即便接受了高等教育，也不能自主地决定毕业后的生活。惠英也无力正面反抗，她能做的只是喃喃自语："我想了解我自己。"虽然惠英的父亲恼火于不愿结婚的女儿，但不顾女儿的意见强行操办婚姻的时代早已过去。因此惠英得以与日本朋友进行文学讨论，进入报社工作又离职，探索着自己人生的种种可能。与此同时，同学们订婚、结婚、生子的消息也不断传来。曾在读书时自嘲会最晚结婚的朱映反而是"三人团"中最早订婚的一个。在她的婚礼之前，三人来到八里海滨（现在的八里），在大风中嬉戏玩耍：

> 不知是风太强了，还是压抑不住内心的情感。我口里一边嚼着被风吹进的沙砾，一边回想那已逝去的少女时光。我无意责怪友人匆促的，毫不眷恋地结婚；友情当然是经不起结婚浪潮的冲击的；只是对少女时代的友情感到悲哀而已。究其实，我也并非因结婚扼杀友情而悲哀。每当听到好友结婚时，我寄予最大祝福的同时，也感到一丝落寞的心情。说露骨一点，是唯恐自己落后的寂寞感吧。为什么面对朋友的喜事时会感到这样的落寞？我也对自己没有目标的生活感到悲哀。

漫步沙滩，女孩们深切地感受到她们友谊的脆弱与短暂。这一幕与庐隐《海滨故人》中的描写一致，共同反映了青春题材作品中的经典设定。虽然当时还没有"毕业旅行"这一概念，但女孩们来到一个独特的（令人印象深刻）的地方——海边——进行短途旅行，希望将友谊的记忆连同自然风景一起印刻在脑海里。这份友谊连接着步入婚姻的友人和仍未决定前路的自己。惠英在讲述内在的愁闷时，她提到"毫无目标的生活"让自己感到空虚。

当时的台湾社会只期望女性婚后以"日本式素养"培养出健康的年幼子民。正如洪郁如所言，日据时期的台湾女子教育虽把培养可以"齐家"的贤妻良母当作重中之重，但对女性离家参与政治活动充满警惕。因此，社会一方面要求女性具备经由日本传来的现代素养；另一方面又禁止她们走向社会，开展事业或参与社会活动。虽然中国大陆的女学生中不乏积极投身革命洪流的志士，但杨千鹤的小说从一开始就没有设置这样的选项。故事中的少女们都只能从日本寻找自己的榜样。《花开时节》中有一段有关日本少女的有趣描写：

> 我们毕业之际恰逢《少女时代》在台湾流行。这本书巧妙地描写出我们这些少女的烦恼。但不管怎么说我们毕竟是台湾少女，书中不符合我们情况的地方并不少。那么我们又是怎样度过自己的少女时光的呢？那的确是我们日常生活直接接触和感受的东西，但却无法用语言形容。唯一确定的在我们心中，旧时代的因袭和新时代的律动之间的摩擦，更加强烈地纠缠在一起。

尽管现在很少有人提及，但《少女时代》[1]是《妇人画报》曾经的记者大迫伦子（1915—2003年）的散文集。由于其中包含了许多年轻女性的过激言论，《少女时代》在出版前似乎就引起了争议。但一经出版就大卖，第二年1月就重印了两百六十次，连同年末出版的续集《少女的真相》，《少女时代》总共卖出了五十万册，成为当时最畅销的书籍（尽管其内容被认为过于自由，在第二年就绝版了）。[2]时隔两年，杨千鹤写下的《花开时节》中包含着少女们对《少女时代》的阅读感受。从这点来看，日本"少女"的流行无疑对台湾的少女们产生了直接影响。在这本受到全日本少女喜爱的《少女时代》中，可以看到毕业后女学生感到的乏味无趣：

> 因为整日无所事事，不用承担责任，所以常常处于闲暇之中。也正因这份闲暇，少女时代的女孩会思考许多多余的事情。而当她们迈入婚姻成为妻子与母亲之后，就再没有闲情逸致考虑旁的东西，只能全身心地投入到日常的家庭生活中。如果说后者的生活才算负责任的话，那么即使我们可以从无形的束缚中解放出来，之后要承担的义务也太过沉重。人生变成了一种名为活着的义务。啊，再怎么考虑也没有意义。我已经受够了这些道理，我已经厌倦了。[3]

---

〔1〕 大迫倫子：『娘時代』，东京：偕成社，1940年5月10日初版发行。本章参考了同年10月5日发行的第185版。中文引文由本书译者翻译。

〔2〕 大迫伦子的生平与创作参见网站「みやざきの百一人」「101大迫倫子（執筆・三宅理一郎）」（卒年参见维基百科）。最终访问日期2018年1月21日。https://www.pref.miyazaki.lg.jp/contents/org/chiiki/seikatu/miyazaki101/hito/101/101.html.

〔3〕 大迫倫子：『娘時代』，第126—127页。

对于婚姻一事，传统社会的女性就不会提出疑问，但接受了教育的女孩则会"思考许多多余的事情"。她们虽对毕业带来的"闲暇时光"感到罪恶，但也对埋没自己的个性，成为家庭的贤妻良母感到犹豫。面对内心来回兜圈子的不安，大迫伦子说出"我已经受够了这些道理，我已经厌倦了"，这也许使当时的许多女性深有同感。该书由高见顺、吉屋信子、片冈铁兵和西条八十等鼎鼎大名的人物作序。高见顺在序文中说："在这里，年轻女性会找到一个替自己勇敢地反抗不理解，拥护自己的友好同盟，但她们同时也会找到一面严厉的自我批评的镜子。"事实上，不单单是日本，高见顺的评语也同样反映着中国台湾的现实。在父母羽翼下成长的"少女"和服侍于夫家的"少妇"的夹缝中，当时的女性痛切地感受到难觅出路的窒息感。大迫伦子对这种心情的描绘应该很好地传达出了杨千鹤等台湾女学生"心中无形的烦恼"。

惠英虽然对这篇真率的文章感到钦佩，但她心中还是残留着些许"不合适"之感。因为她"半新半旧"的身份不仅夹在"少女"和"少妇"之间，还摇摆在"本岛人"和"大陆人"之间。

在日本与日据台湾之间

《花开时节》中有这样一段随意的描写。毕业后的女主人公在一次网球比赛中认识了"出身××高女，爱好文学的田川小姐，并和她展开了热烈的讨论。而这种讨论是从未与翠苑她们有过的"。现代运动"网球"和"从事文学工作"的日本人（如前所述，××高女是极难考取的公立学校）这两个关键词都表明，这次激烈的讨论似乎与本岛人朋友之间的闲聊有着截然不同的意义。那时女主人公正打算"进入一家报社"工作，这一描写大致与杨千鹤本人作为台湾最初的女记者在《台湾日日新报》工作的传记事实相吻合。在晚年的自传《人生的三棱镜》中，杨千鹤回忆道："在日本人经营的报社当记者，对我而言，是一个挑战。我想证明一个在家不使用日语的台湾人，照样可以写出不输于日本人的文章。"（第114页）

根据《人生的三棱镜》中的回忆，杨千鹤在1940年读过的书有：石川达三《婚姻的生态》，岛木健作《生活的追求》、《生活的追求续》和《人类的复活》，竹内てるよ《生命之歌》，冈本かの子《人生论》，三木清《人生论笔记》，以及大迫伦子《少女时代》，等等。但其中最让她心潮澎湃的是高村光太郎的《智惠子抄》。作为报社记者赚取月薪后，她通过阅读日文版的黑塞、契诃夫和托尔斯泰等人的著作，沉浸在世界文学的长河里，度过了一段幸福的时光。这一时期，日语就像一座桥梁沟通了杨千鹤和她最爱的文学世界。

杨千鹤也在同一自传中提到，这段时间自己与日本青年N产生了淡淡的情愫。N是出身庆应义塾大学的文学青年，与杨千鹤供职于同家报社。对于这段感情，杨千鹤坦言："与人不融洽、极端孤独，与社会不合流、冥顽不灵，出生与生长环境都全然不同的两人，却在彼此身上发现了这些共通的性格。如此短暂的邂逅，是命运的捉弄？还是上天的恩赐？"

这段交往最终宣告失败，N决定回到在日本的未婚妻身边。但是得知N有未婚妻的事实之前，杨千鹤就常将"我一直本着自己是台湾人，无法变成每朝喝味噌汤、住榻榻米生活的日本人"这句话如同口头禅似的挂在嘴上。这仿佛是在无意识地设立防线，避免自己与日本人靠得太近。杨千鹤的散文《待嫁女儿心》[1]中有以下这样的论述：

> 离开学校的我狂热地想做点什么，全然忘记了结婚的问题。我虽曾否定过所谓文学少女不切实际、沉迷幻想的一面，但步入社会后，我遇到一个人并为他倾倒，因为他拥有许多我所渴望，但我一度以为并不实际存在的东西。似乎那时我也曾模糊地幻想过一些天真幼稚的东西。那是一个内心纤细敏锐又脆弱的人。但他绝不是沉溺于苍白妄想的知识分子，而是一个能以惊人的气魄对抗瞬息万变的世界的人。他也是一个可以为我纠正民族偏见，毫不留情地鞭打我心中裂痕的强大之人。当这种类似渴望的东西突然触及我暂时已淡忘了的婚姻时，我开始感到寂寞。因为那个人并不了解我家乡的婚姻形式。<u>这虽是一个摆脱烦琐习俗的好机会，但乖僻的我仍想在角落里默默守护它。</u>比起这个问题，民族间的不同更让我一直深受其扰。在我最终能够放下这种拘泥之前，一个现实的问题已经将我们分开。这并不是因为我缺少同一而视的慷慨。而是因为我害怕跳过根深蒂固的民族界限。这可能也是因为我对自己民族的自卑吧。台湾女性是躲在壳里面，里面是暖和的，受人的安排轻轻易易地嫁出去，也大都获得平静的幸福，<u>这

---

[1]《民俗台湾》第7号，1942年1月。

<u>是一种我并不能完全了解的幸福，是不是因为我是半新半旧时代的女性呢？</u>（下划线由笔者添加）

在这段文字中间，我们可以读出一位被殖民统治的精英女性面对侵略国时的苦恼。日本男友拥有杨千鹤所追求的品质，扭转了她的民族偏见，为她展示了一条全新的道路。但她在憧憬着这个新世界的同时，也珍视着自己"希望守护台湾烦琐的婚姻形式"的这份固执。自处女作开始，杨千鹤的作品就一以贯之地传达着她对台湾乡土习俗的热爱。

杨千鹤在报社任职时，一篇日本人所写的文章引起了她的注意。完全不了解台湾习俗的日本作者讽刺"在亲戚的葬礼上大声哭泣的女性是雇来的哭婆"。愤怒的千鹤专门写下《哭婆》[1]，对日本人好奇和冷笑的眼光表示抗议。[2] 她在文中反驳道："不，不是那样的。为何她们歌唱的旋律充满了哀伤？因为对那些人（被嘲讽为'哭婆'的女性亲戚们）来说，亲族的离世就意味着无止尽的悲痛。"但另一方面，杨千鹤也坦言，"我已经无法再扮演这样滑稽的角色。因为我已成为新时代的人，不能在喧闹的'哭婆'的行列中一起流泪行走了"。杨千鹤的感情摇摆于对台湾习俗的热爱和对日本现代性的共感之间。即使在私生活中，她既不能顺从父亲的要求结婚，又不能与日本人建立恋爱关系。"半新半旧的女性"这句话正显示出她对自己内心矛盾的审视。

---

[1]　《文艺台湾》1941年9月号。收入《花开时节》。
[2]　杨千鹤：《花开时节·自序》（杨千鹤作品集三），台北：南天书局，2001年。

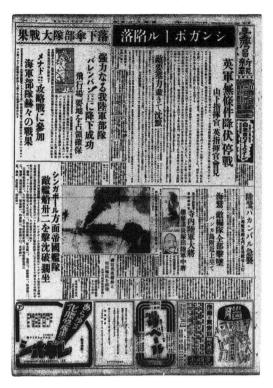

《台湾日日新报》对于新加坡陷落的报道（1942年2月16日第一版）

　　杨千鹤身上的这种半新半旧具体表现在两个层面上。一是追求以"日文"为代表的日本素养；二是执着于以衣食为代表的台湾文化。她用日语高谈阔论文学、现代性等形而上的问题，用闽南话讲述婚丧嫁娶、衣着和小菜吃食等形而下的生活日常。但无论是哪一方面，杨千鹤都无法做到完全妥协。

1942年2月新加坡沦陷后杨千鹤发表的散文《长衫》[1]，表达了她内心强烈的彷徨感。为庆祝日本人夺下新加坡，台湾也将举行大型的庆祝游行。近半个世纪前，这片土地被清政府割让给日本，但此时台湾人不得不庆贺日本新的领土扩张。这种盛大的场合应该穿着怎样的服饰呢？杨千鹤在《长衫》中说道："由于懦弱和固执，我只把和服视作观赏的东西，而完全不想将它穿在身上。"她最终选择身着长衫（款式类似于大陆的旗袍，但更为宽松）参加游行。而关于自己身着长衫时的心理，杨千鹤有这样一段论述：

> 然而我在穿着长衫时，总是会有一种心理，让别人知道可能会失笑的，友人们可能会说我多心了。虽然说不上孰为因孰为果，但如果不是和日本人朋友同行，穿长衫出门对我而言实在麻烦费劲，起初也没有意识到这些，但有时察觉到他人责备似的眼神，都不免让长衫的我心头一惊。我不知道这样的经历是否促使我产生这样的心理。当遇到这样的目光时，我急忙用流利的日语和旁边的朋友搭话。请不要只看外表就责备，我如日本女性般接受过高等教育。当我注意到这段严肃且毫无意义的对话后，心中突然涌起一阵莫可名状的感慨。

---

[1] 《民俗台湾》第10号，1942年4月。

总而言之，为了穿上"合自己心意"的衣服[1]，杨千鹤需要"日本人朋友"这一必要的道具。并且即使穿着长衫，有必要的话还需随时说出流利的日语，以强调自己"如日本女性般接受过高等教育"。这不消说是应对日本人"责备似的眼神"（在非常时期投向身着中国式长衫者的谴责性视线）的一种对策。出生和成长于台湾的杨千鹤甚至在穿着中国式的服装时，都不得不留心日本人的视线，准备随时说出日语来打消他们的疑虑。

2010年，《母亲的六十年洋裁岁月》[2]一书在台湾出版后引发了热议。书中描写了施传月（作者郑鸿生的母亲，与杨千鹤同为1921年生人）在东京的文化服装学院留学，依靠洋裁技术从店铺学徒到台南的洋裁名师的人生经历。其中也提及了20世纪30年代，施传月身着长衫散步时被日本警察辱骂为"清国奴"的片段。[3]这虽然是一次很不愉快的经历，但作者也认为："对母亲而言，日语的女性杂志是母亲了解未来的唯一窗口。"施传月虽然不是知识分子，但她与杨千鹤都是通过日语和日本文化这一途径探索独立之路的新女性之一。并且

---

[1] 尽管长衫（旗袍）不是台湾地区特有的传统服装，而是在20世纪20年代末从祖国大陆引进的，但由于其西方性和现代性，它被以年轻女性为中心的台湾民众广泛接受。然而在居住于台湾的日本人看来，旗袍比起摩登的服装，更像是一种辨别"本岛人"与"支那人"的记号。洪郁如：「植民地台湾の『モダンガール』現象とファッションの政治化」，伊藤るり他編：『モダンガールと植民地近代—東アジアにおける帝国・資本・ジェンダー』，東京：岩波書店，2010年。洪郁如的这篇文章也提到了杨千鹤的《长衫》，认为其表现了摩登少女一代的审美诉求，并且从日据时期日本民众在女性的长衫上过度解读政治信息并试图进行干预的行为，可以看出他们对台湾人的不安和不信任。

[2] 郑鸿生：《母亲的六十年洋裁岁月》，台北：印刻文学生活杂志出版，2016年纪伊国屋书店出版日译本，译者为天野健太郎。

[3] 同上书，第69—71页。

第五章　台湾少女的学校生活——杨千鹤的日语创作 ｜ 137

通过施、杨二人的长衫经历，我们不难看出日据时期的妇女所穿的服装经常成为"皇民化"政策批评的靶心。

如下图所示，1938年5月，华侨在纽约组织了大规模的抗日募捐活动。为了顺利开展救济祖国游行示威活动，旗袍完美地发挥了展示中国特色的宣传作用。考虑到这一点，就不难理解为何日本人常常以憎恶的眼神看向穿着长衫（旗袍）的中国台湾女性。

对日本人来说，杨千鹤可能是理想的"皇民"，因为她使用优美的日语，受过高等教育，并且从未反抗过日本。然而，这个聪明的女人已经冷静地意识到她行为中的矛盾之处——穿着长衫却说着无意义的日语。在"说着地道日语的新女性"和"传统的台湾少女"这两极

华侨在美国组织的抗日募捐活动。其中，穿着旗袍的女华侨引人注目。
1938年5月

之间，她感到强烈的拉扯与分裂。引文中"无法言喻的感情"正是杨千鹤对这种分裂感的敏锐捕捉。与日本统治同时进行的现代化，将这种矛盾的情绪施加给了被统治的精英们。杨千鹤以细腻的笔触描绘衣食住等日常生活的点点滴滴。但也正是在这种种细节中，她成了20世纪40年代台湾女性的代言人之一。

第六章
『少女乐园』的远去
——张爱玲的回忆和叙述

追忆女子学校

继第四章之后,本章将继续讨论与张爱玲有关的内容。毫无疑问,至今张爱玲仍是华语圈内读者数量最多的作家之一。但是她晚年的作品还没有得到充分的评价。一直以来,人们都认为在1952年到达美国后,她的创作精力都集中在改写旧作和翻译上,小说的创作寥寥无几。然而进入21世纪以后,张爱玲未发表的原稿陆续被发现和出版,这说明了她在晚年仍然坚持着自己的创作。在这里,我们以她去世后出版的小说《同学少年都不贱》[1]为中心,来探讨其中描绘的女学生生活及相关的叙事。

美国学者夏志清(1921—2013年)是张爱玲的同龄人,也是重新评价张爱玲作品的先驱。他对《同学少年都不贱》的评价如下:

> 可现在这本(《同学少年都不贱》)实在也太简略了。

---

[1] 张爱玲:《同学少年都不贱》,台北:皇冠出版社,2004年。

有两个问题：一个小说是写中学生活，张爱玲以前没写过，要写好不容易；还有一点是到美国以后，张爱玲对Sex的看法不一样了，小说写到中学女生的同性恋倾向，值得注意。当年张爱玲是住读，不是走读，这方面可能会有所体验。[1]

接下来，让我们讨论一下夏志清所说的"两个问题"。首先，来关注一下到达美国后的张爱玲在《同学少年都不贱》前后创作的作品，并思考离开中国的作家写回忆录的意义。然后，来分析张爱玲笔下关于女子学校的故事特点。通过阅读文本中"性（身体）"和"与同性的关系"的描述，来追寻对于张爱玲来说的女学生叙事，以及其中与她自己记忆相重叠的部分意味着什么。

生前未发表原稿和《同学少年都不贱》

让我们先来整体了解一下包括《同学少年都不贱》在内的张爱玲未发表原稿。

张爱玲生前出版的最后一本书是《对照记》，这是一本包含她自己的照片的散文集。在此之前，她在信中对想写"张爱玲传记"的台湾作家朱西宁（1926—1998年）说："我近年来总是尽可能将我给读者的印象'非个人化'——depersonalized，这样译实在生硬，但是一

---

[1] 季进：《对优美作品的发现与批评——夏志清访谈录》，王德威主编：《中国现代小说的史与学》，台北：联经出版，2010年，第483页。

时找不到别的相等的名词——希望你不要写我的传记。"[1]张爱玲晚年是如此彻底地"非个人化",以至她很少走出家门或会见访客。正是因为这样的张爱玲,用照片这一极度个人化的材料来回顾她的人生,所以《对照记》受到许多"张迷"热捧也就不奇怪了。然而,这并不是张爱玲谈论自己的唯一著作。1995年张爱玲去世后,包括《同学少年都不贱》、《小团圆》、《异乡记》、《雷峰塔》[2]、《易经》[3]和《少帅》(*The Young Marshal*)[4](按出版年份排序)在内的六部遗稿陆续被发现和出版,更加助长了张爱玲热潮。

除了以张学良为原型的遗稿《少帅》之外,其他作品按照推定的创作日期可归纳如下。

首先是游记体小说《异乡记》。20世纪50年代初期,张爱玲给香港的好友邝文美的信中提及了这部作品。[5]故事中被称呼为沈太太的"我"从上海出发,去农村拜访一个疑似恋人的人物。这是张爱玲根据1946年访问胡兰成的经历而写成的。当时的胡兰成作为亲日派分子被通缉躲在温州。但是这个故事并没有完成,在主人公到达目的地之

---

[1] 1975年的信件。朱天文:《花忆前身》,台北:麦田出版,1996年,第32页。而且,1975年10月16日张爱玲给宋淇的信中也提到:"赶写《小团圆》的动机之一是朱西宁来信说他根据胡兰成的话动手写我的传记,我回了封短信说我近年来尽量depersonalized读者对我的印象,希望他不要写。"宋以朗:《〈小团圆〉前言》,张爱玲:《小团圆》,第5页。

[2] Chang, Eileen. *The Fall of the Pagoda*, Hong Kong: Hong Kong University Press, 2010. 赵丕慧译:《雷峰塔》,台北:皇冠出版社,2010年。

[3] Chang, Eileen. *The Book of Change*, Hong Kong: Hong Kong University Press, 2010. 赵丕慧译:《易经》,台北:皇冠出版社,2010年。

[4] 张爱玲著,郑远涛译:《少帅》,台北:皇冠出版社,2014年。收录了英文原文和中文译文。

[5] 宋以朗:《关于〈异乡记〉》,收录于《对照记》。

前就中断了。

创作于1957年的《雷峰塔》和《易经》是上下两部的长篇自传体小说。前者讲述的是以张爱玲为原型的少女（琵琶）的故事。在经历了父母离婚后，琵琶脱离了保守的父亲家，与母亲和姑姑一起生活。后者是前者的续集。女主人公设法去香港上学，但因遭遇太平洋战争而不得不中断学业，饱尝辛酸后终于入手了一张返回上海的机票，故事也在此结束。从给好友邝文美的丈夫宋淇（1919—1996年）的信中可以得知，这两部小说的创作始于1957年，完成于1963年7月。[1]然而，张爱玲未能找到愿意出版这两部作品的出版社，她对此感到非常失望。

后来张爱玲用中文将这两部小说改写成了长篇小说《小团圆》。其中追加了女主人公盛九莉回到上海开始文学创作，以及她与亲日派分子邵之雍结婚和离婚的经历（见第四章）。显然张爱玲是一完成上述英文小说后，就立即开始了《小团圆》的创作，并于1975年完成了全部的改写。1976年3月，张爱玲将完稿寄给了宋淇夫妇。[2]但由于书中的一些描写令宋淇感到危险，所以他建议张爱玲推迟该书的出版。主要原因是书中不仅有许多露骨的性爱描写，还有关于援助作为汉奸潜逃日本的胡兰成的叙述。随后，张爱玲在1992年3月的信中嘱托宋淇夫妇"将《小团圆》销毁"，而宋淇之子、张爱玲遗产执行人宋以朗于2009年决定出版该书的行为引起了巨大争议。这里虽然没有讨论

---

[1] 宋以朗：《〈雷峰塔 易经〉引言》，台北：皇冠出版社，2010年。
[2] 关于创作前后的来龙去脉，参考了宋以朗《〈小团圆〉前言》。

相关过程或利弊的余地[1]，但应该指出的是，在《雷峰塔》中，女主人公的弟弟因肺结核而早逝，并且女主人公在搬到香港之前没有接受过任何学校教育。这两点与张爱玲的传记事实虽然有出入，但在《小团圆》中都被修改了。比起面向英语圈读者而写的两部英文小说，用母语写成的《小团圆》更符合事实。

《同学少年都不贱》的创作时期大概与《小团圆》相同。"季辛吉国务卿"这一记述表明，《同学少年都不贱》是在1973年之后创作的。此外，张爱玲在1978年8月20日给夏志清的信中说："《同学少年都不贱》这篇小说除了外界的阻力，我一寄出也就发现它本身毛病很大，已经搁开了。"[2]由此可知，这一时间点《同学少年都不贱》已经写成。

以下是《同学少年都不贱》的梗概：故事发生在20世纪30年代上海的一所基督教女子学校中。主人公名为赵珏，她既不会说上海话，也不会说官话，并对自己的外表没有自信。她唯一的朋友是受人欢迎的恩娟。赵珏暗恋比她大两岁的前辈赫素容，而恩娟对她的同学芷琪有好感。毕业后，赵珏将一个昂贵的银制花瓶送给即将去北京上大学的素容。当赵珏收到身处北京的素容的善意来信时，她起初感到十分开心，但又立即想起素容在女子学校时代就具有的左倾化特征。作为一个资产雄厚家庭的女儿，赵珏怕素容将她当作政治运动的摇钱树，因此与素容断绝了来往。毕业后，赵珏由于拒绝了包办婚姻而被父亲

---

[1] 批判出版的代表性意见来自张小虹：《"合法盗版"张爱玲 从此永不团圆》，《联合报》2009年2月27日。该篇文章的作者呼吁，出版作家不希望被发表的手稿是"合法盗版"，不应该被购买、阅读或评论。虽然这是一个应该注意的意见，但是张爱玲的自传体小说，连同早期的英文小说在内，现在可以被阅读这件事，具有不可估量的价值。

[2] 夏志清：《张爱玲给我的信件（十）》，《联合文学》第14卷第9期，第140页。

监禁，并患上了重病。在母亲的帮助下，一年后赵珏进入了恩娟所在的基督教大学。但由于战争，她中断了学业，于是就此脱离了家庭而自谋生路。在往返于上海与北京的途中，赵珏与朝鲜人崔相逸确立了恋爱关系，但最终被他背叛。赵珏在中华人民共和国成立后不久只身前往美国。在美国，赵珏与中文教师萱望同居，但萱望不仅多次与学生偷情，还最终决定抛下她回到大陆。赵珏设法以朝鲜语翻译的身份来养活自己，但在受到大使馆职员的骚扰后辞掉了工作，并从此过上了孤独和贫困的生活。与此同时，大学毕业后的恩娟嫁给了犹太籍的同学，并在赵珏之前抵达了美国。令人意外的是，因为丈夫作为一名政治家而崭露头角，所以恩娟也随着丈夫进入内阁而登上了第一夫人的宝座。虽然赵珏不想让昔日的好友看到生活潦倒的自己，但是想到可能会获得工作机会，因此在退去与萱望同住的波士顿公寓之前，她把恩娟招待到了家里。然而，久别重逢的二人的谈话一点也不顺利，赵珏确信她们不可能再做朋友，也不可能再见面了。后来，当赵珏在《时代》杂志的影印版上看到恩娟与总统的合影时，她感到了难以形容的苦涩滋味。

虽然这篇小说是以第三人称进行的叙述，但都是以赵珏的视角而写成的，并且时间线从恩娟来到赵珏位于波士顿的公寓开始，叙述的内容根据赵珏的回忆而复杂交错，从20世纪30年代到60年代的各种场景随机出现在文本之中。

上面列举的五部小说都是张爱玲去世后发现并出版的，而且都具有上海时期的作品所没有的两个特点。

首先，便是故事中事件发生顺序和叙述顺序之间的不协调，即使用了时间倒错这一叙事手法。张爱玲在上海时期出版的小说集《传奇》中虽然也有许多回忆场面，但完全没有这样令读者困惑的交错插入的场面。然而，在包括《同学少年都不贱》的上述小说中，由于叙述者的意识不断跳跃，所以叙述常常戛然而止，并使读者陷入混乱。这种对读者不友好的叙述方式，可能与作者用回忆来叙事的方式有关。

与上海时期小说的另一个不同点是，上述小说的故事情节与张爱玲本人的传记事实有许多重合。在上海时期，张爱玲虽然写过关于自己的文章，但她从未将自己（或读者能迅速判定的人物）纳入她的小说之中。然而，上述小说都是以张爱玲本人为原型的，读者一看便知。此外，如上所述，张爱玲在去世前的几年以《对照记》的形式出版了自己的照片。为什么极度忌讳被读者纠缠的张爱玲，会以这种方式续写自己的故事呢？

张爱玲本人在给好友邝文美的信中如下所述：

> 除了少数作品，我自己觉得非写不可（如旅行时写的《异乡记》），其余都是没法才写的。而我真正要写的，总是大多数人不要看的。[1]

此外，张爱玲在给宋淇和邝文美夫妇的信中提及《小团圆》时，还解释"是我一直要写的"和"过去的事"[2]。

根据张爱玲20世纪50年代的出国经验而创作的小说《浮花浪

---

[1] 宋以朗：《关于〈异乡记〉》，第112页。
[2] 宋以朗：《〈小团圆〉前言》，第5页。

蕊》[1]，也是她即使"没有人懂得""也想要写自己的过去"的证据之一。在这部中篇小说中，女主人公在中华人民共和国成立后不久就离开上海，途经广州后又从香港登上了前往日本的渡轮。在这一过程中她回忆了自己迄今为止的人生。张爱玲谈到这部小说时说："里面是有好些自传性材料，所以女主角的脾气很像我。"[2] 70年代的张爱玲，似乎一直在从事这样的工作，即概括自己的过去，提取留下深刻印象的场景，再充实它们并创作新的作品。池上贞子注意到《浮花浪蕊》中充斥着"只有经历过的人才知道的感觉"，并说："这就像作者在光天化日之下，重新整理这些埋藏在她生命旅程的褶皱里的东西。"[3]尽管有不同程度的虚构性，但可以认为，《同学少年都不贱》也是这种"重新整理"过程的延伸。

那么，描写女学生，以及回顾作为女学生的自己，又有什么意义呢？在这里不如再一次探讨在民国时期的文学中，女学生到底是怎样的存在这一问题。

女学生叙事的谱系

如前所述，在五四新文化运动后，文学作品中出现了各种女学生

---

[1]《皇冠》第293期，1978年11月。张爱玲：《惘然记》，台北：皇冠出版社，1983年，第45—78页。

[2] 1978年8月20日给夏志清的信。夏志清：《张爱玲给我的信件（十）》，第140页。

[3] 池上贞子：「張愛玲における時代と文学——一九五〇年代の短篇小說から」，『張愛玲——爱と生と文学』，東京：東方書店，2011年，第243页。

的形象。其存在的新颖,不仅仅因为她们所接受的教育。即使就一只脚刚刚踏出原生家庭而暂无婚姻居所的暂缓期而言,女学生也是与传统女性完全不同的存在。正如第一章中所讨论的那样,在前现代中国,虽然没有"家"的存在就无法描述少女们的关系网,女子学校却成了没有血缘关系的同龄少女们度过群体生活的场所。在同一所学校学习,意味着她们出身于相近的阶级,并接受类似的教育。在《同学少年都不贱》中,著名女子学校的学生被描写为不是说上海话就是说官话,而既不属于上海话也不属于官话的语言都被归类于"江北话",即人力车夫的语言。不精通上海话与官话的赵珏没有朋友,这大概意味着其他女学生非常同质化。

正如我们在第五章中所看到的那样,本田和子在讨论明治时代的女学生时认为,"女学生"是被从具体的未来分离出来的,是游离于幼女和人妻之间的存在。[1]即使从女子学校毕业后,"工作"这一前路对她们来说也是几乎封闭的,她们不得不在此之外寻找另一种谋生方法。民国时期的女学生也身处这样的社会结构。我们在《同学少年都不贱》中看到的女主人公们也曾对自己的未来感到乐观,但往往又因突然感到绝望而不慎重地选择了轻生。她们还大胆地抵制包办婚姻,然后欣然将自己的一切献给一个完全不值得托付的男人。比起将国家建设视为自己的事业的"中国少年",像她们这样的"中国少女"的未来要不安定得多。从讴歌纯洁而崇高的精神恋爱的冯沅君开始,这些不安定的女学生的故事,被庐隐、凌叔华等出身于女子学校的作家

---

〔1〕 本田和子:『女学生の系譜——彩色される明治』。

们源源不断地描绘出来。[1]这些中国少女的成长故事被定位为"女学生叙事"。下面来列举几条女主人公的共同特征：

一、她们通过现代教育接受了五四以来新思想的洗礼，并将其内在化。

二、她们拥有成熟的、可生育的身体。正如下文将讨论的那样，对于在学校迎来自己第二性征发育的少女们来说，如何行使自己的性权利成为一个主要问题。

三、她们寻求一夫一妻制的（排他性的一对一的）浪漫关系。正如本田和子所说的那样，女学生被认为是"游离"的存在。无论是在精神上还是身体上，她们都没有一个稳定的归属地，从而对婚姻和爱情都没有抵抗力。

四、她们持有的理想是，自己的未来应该（而且可以）由自己来决定。与第一个特征相关联，学习了新思想的女学生反抗包办婚姻，认为自己的婚姻和职业应该由自己决定（并多次在尝试中失败）。

换句话说，民国时期的女学生叙事描写了处于极其危险境地的少女们，即已经接受（或正在接受）现代教育，但难以处理自己的头脑和身体的少女们。正如我们至今所看到的那样，对于许多女学生来说，浪漫爱情的实践是赌上人生的巨大冒险。作为"女学生叙事"之一，让我们来探讨一下《同学少年都不贱》这部小说。民国时期的女学生是如何被张爱玲所回忆和重构的呢？

---

〔1〕　参照本书第一章。

女子学校这一空间

正如第四章中所提到的那样[1],张爱玲瘦骨嶙峋,不烫发,衣饰也并不入时,是一个不惹眼的存在。然而,这并不意味着张爱玲不关心她在此度过了六年时光的女子空间。下页图是张爱玲毕业时为圣玛利亚女子学校校刊《凤藻》第17期投稿的作品[2],题目是 *Prophecies of a Fortuneteller*(《占卜者的预言》),上方中间是张爱玲本人手持水晶球的照片。四页的篇幅包含了她三十三位同学的照片,脖子以下的精心插画显示了她们的未来愿景,还配有一句简短的英文祝福。根据其中一名模特,即被描绘成"未来的驻意大利大使"的顾淑琪回忆,毕业前的张爱玲请求她的三十五名同学每人给她一张照片,响应她的三十三人成了这个"作品"的模特,并被列入文集之中。[3]虽然张爱玲被视为一个不起眼的人物,但这些插画显示了她对女子学校生活和友人们的非比寻常的依恋。

另外,值得注意的是同样发表在《凤藻》第12期(1932年)上的《不幸的她》。[4]这部短篇小说是至今为止公开的张爱玲的第一部小说,

---

[1] 汪宏声:《中学时代轶事》,《语林》第1卷第1期,1944年12月。

[2] 这张图是河本美纪在上海市档案馆复印而来的。本书作者得到了河本美纪和档案馆的许可后转载了此图。深深感谢河本美纪的协助。

[3] 来源于万燕对顾淑琪的采访。止庵、万燕著:《张爱玲画话》,天津:天津社会科学出版社,2003年,第125—128页。

[4] 张爱玲:《不幸的她》。并未找到在《凤藻》上登载的最初版文稿。本书中的引用来源于陈子善:《天才的起步——略谈张爱玲的处女作〈不幸的她〉》,《作别张爱玲》,上海:文汇出版社,1996年,第249—254页。

张爱玲给校刊《凤藻》投稿的作品 *Prophecies of a Fortuneteller*（《占卜者的预言》）

描写了两个在海边小镇长大的亲密少女之间的互动和别离。故事讲述了离家出走的主人公去拜访阔别已久的好友，但因为不忍心看到好友的幸福生活，所以决定离开家乡再也不与好友相见。这个故事像是庐隐《海滨故人》的简略版，并没有超出习作的范围。然而，久别重逢的两个亲密的女性朋友因心中感到一种无法弥补的隔阂，而分道扬镳的故事，将在四十年后的作品《同学少年都不贱》中重演。

  但是，在这篇习作之后，张爱玲在上海时期的小说就很少描写这种女性之间的连带关系，她的女主角们都被迫孤立无援地与男性社会相对峙。对于40年代的张爱玲来说，女学生之间的友谊大概是合适的作文素材，但难以成为合格的小说主题。直到70年代中期创作的《同学少年都不贱》，上海一所女子学校的生活才最终升华为一部小说。而正如上文所述，张爱玲"想要写自己的过去"的冲动——从50年代的《异乡记》开始，到《小团圆》达到高潮，再到《对照记》结束——这一切应该并非毫无联系。

天真无邪的笑容

  那么，张爱玲笔下的学生生活是怎样的呢？《同学少年都不贱》的故事开始于30年代前后，赵珏和朋友们一起进入了女子学校，她们的寄宿生活充满了天真烂漫的笑声，这在张爱玲的作品之中是十分罕见的。下面举出一些令人印象深刻的场景：

那年她们十二岁,赵珏爱上了劳莱哈台片中一个配角,……男高音的歌声盈耳,第一次尝到这震荡人心魄的滋味。

"你那个但尼斯金从来没张开嘴笑过,一定是绿牙齿。"恩娟说。

从此同房间的都叫他绿牙齿。

四个人一间房,熄灯前上床后最热闹。恩娟喜欢在蚊帐里枕上举起双臂,两只胳膊扭绞个不停,柔若无骨,模仿中东艳舞,自称为"玉臂作怪"。赵珏笑得满床打滚。……

各人有各人最喜欢的明星,一提起这名字马上一声锐叫,躺在床上砰砰砰蹦跳半天。

但尼斯·金是英国的一位歌剧演员,这里提到的电影是由法国歌剧改编的《魔鬼兄弟》(*Fra Diavolo*,1933)。所有的室友都在取笑这个为明星而着迷的少女。当别人说到她最喜欢的明星时,她尖叫着滚来滚去的样子,与现代少女热烈谈论着她们所崇拜的偶像的样子并无二致。除此之外,十几岁的少女们正是处于见什么都觉得有趣的年纪,因此小说中对于看了恩娟的"表演"而捧腹大笑的少女们的描写,生动地捕捉到了少女们嬉戏打闹的情景。

"笑得满床打滚"这一表现与张爱玲在上海时期的散文《私语》中的一个场景相重合。"我母亲和一个胖伯母并坐在钢琴凳上模仿一出电影里的恋爱表演,我坐在地上看着,大笑起来,在狼皮褥子上滚来滚去。"[1]（《小团圆》中也描述了一个几乎相同的场景。）在通篇都被阴暗色调笼罩的《私语》中，这是一个引人注目的明亮场景，而这个场景在《同学少年都不贱》中也起到了相同的作用。作为视点人物的主人公，从心底里享受着少女们之间推心置腹的谈话和毫无顾忌的表演，并且一改往常冷静的样子而"笑着打滚"。毕业多年后，赵珏仍然会十分怀念地想起"玉璧作怪"的场景。

除了开玩笑之外，赵珏还高度评价了恩娟的歌声：

> 恩娟说话声音不高，歌喉却又大又好，唱女低音，唱的"啊！生命的甜蜜的神秘"与"印第安人爱的呼声"，赵珏听得一串串寒颤蠕蠕地在脊梁上爬，深信如果在外国一定能成名。

恩娟演唱的歌曲分别是电影《淘气的玛丽达》（*Naughty Marietta*，1935）和《萝丝玛丽》（*Rose Marie*，1936）的主题曲。夏志清指出，这两首歌曲在中国非常流行，"*The Indian Love Call*（《印第安人爱的呼声》）连中国的中学生都会唱"，并认为这部小说"（张爱玲）真要为自己的中学时代留下一个真实记录"[2]。这些电影和音乐的插入，不仅直截了当地传达了30年代女学生们的娱乐方式，还使得赵珏等人的情谊显得更加真实。可能正如夏志清所说，这是张爱玲为了"留下

---

[1]《天地》第10期，1944年7月，第9页。
[2] 夏志清：《泛论张爱玲的最后遗作》，《重读张爱玲》，上海：上海书店出版社，2008年10月，第169页。

一个真实记录"而从记忆中提取的一个细节。而女子学校生活"真实记录"的核心是少女对身体和性的觉醒。

投向乳房的视线

在《同学少年都不贱》发表后,最具有争议性的是关于女学生们对性和身体的好奇心,以及女校内存在的同性恋倾向的描写。值得特别指出的是,对乳房的观察几乎出现在小说中登场的所有少女身上。恩娟"一直不瘦下来,加上丰满的乳房,就是中年妇人的体型";朋友芷琪"看得出胸部曲线部位较低,但是坚实";赵珏所爱慕的素容"有点男孩子气","露出沉甸甸坠着的乳房的线条"。

乳房成为女性美的象征,并不是十分久远的事情。在前现代中国,有为了让胸部尽可能地不明显而穿"束胸"的习惯。第一个站出来抨击这个习惯的人是被称为"性博士"的北京大学教授张竞生(1888—1970年)。1924年,关于"束胸",张竞生这样写道:"我常说,不知何时这个反自然、不卫生、无美术的束奶头勾当,始与小脚、细腰及扁头诸恶俗同行抛弃!女子有大奶部,原本自然,何必害羞。况且奶头耸起于胸前,确是女子一种美象的表征。"[1]两年后,张竞生出版了围绕着性觉醒的报告集《性史》[2],并进一步引起了轰动。

---

[1] 张竞生:《美的人生观》,北京:生活·读书·新知三联书店,2009年,第21页。
[2] 《性史》,北京:性育社,1926年5月。本文参考的版本为张竞生:《性史1926》,台北:大辣出版,2005年。

在《同学少年都不贱》中，通读过《性史》的赵珏被恩娟问及"性"问题时无法回答，于是赵珏画了一个像八卦图一样的画敷衍过去了。对于一个早熟的少女来说，描述自然的、不加任何修饰的性经历的《性史》一定是一本优秀的教科书。

就在这个时代，"胸部曲线"开始出现在文学作品之中。凌叔华的短篇小说《说有这么一回事》与《性史》同年发表，讲述了两个女学生在学生话剧中扮演罗密欧和朱丽叶，并因戏而相爱的故事。小说还捕捉到了少女爱上同性，并意识到对方胸部曲线的悸动心情：

> 影曼含笑说着到云罗身旁，望着她敞开前胸露出粉玉似的胸口，顺着那大领窝望去，隐约看见那酥软微凸的乳房的曲线。[1]

1927年，鲁迅在他的散文《忧"天乳"》[2]中提到了广东的天乳运动（将胸部从束缚中解放出来的运动）。除此之外，民国时期具有代表性的女性杂志《妇女杂志》在1917年就已经警告过束胸的危害[3]，并且在20年代又发表了几篇文章来指出束缚胸部的不利影响。例如，在1927年的第13卷中，名为《论女妇缚胸的谬误》（署名夏

---

[1] 凌叔华：《说有这么一回事》，《晨报副刊》第56期，1926年5月，署名素心。本书参考了凌叔华：《花之寺 女人 小哥儿俩》，北京：人民文学出版社，1986年，第83—95页。引用部分来源于第84—85页。

[2] 《语丝》第152期，1927年10月8日。收录于《而已集》，上海：北新书局，1928年。《鲁迅全集》，第3卷。

[3] 董景熙：《警告缠胸女子》，《妇女杂志》第3卷第12期，1917年。

克培）的文章呼吁解放胸部，理由是束胸将损害胸部的骨骼并危及母乳的产生。这篇文章声称，崇拜处女的风气催生了对扁平胸部的推崇，并主张道："缚胸充处女，系娼门狡猾行为。……惟良家少妇无充处女的必要，且充处女亦不必缚（因处女及时亦应发达的）。"正如张竞生所说，女性胸部的曲线更多的是被作为"淫荡"的标志，而不是被作为"女性美的象征"而存在的。这就是为什么不得不反复写文章说明胸部的大小和贞操无关的原因。

为了证明这一点，在《同学少年都不贱》中可以看到以下的描述：

> 教芷琪钢琴的李小姐很活泼，已经结了婚，是广东人，胸部发育得足，不过太成熟了，又不戴乳罩，有车袋奶的趋势。
> "给男人拉长了的。"芷琪说。

在小说的结尾，当赵珏遇到她以前的偶像赫素容时，这样露骨的台词再次出现：

> 战后她在兆丰公园碰见赫素容，一个人推着个婴儿的皮篷车，穿着葱白旗袍——以前最后一次见面也是穿白——戴着无边眼镜，但是还是从前那样，头发也还是很短，不过乳房更大了，也太低，使她想起芷琪说的，当时觉得粗俗不堪的一句话："给男人拉长了的。"
> 隔得相当远，没打招呼，但是她知道赫素容也看见了她。

她完全漠然。……与男子恋爱过了才冲洗得干干净净，一点痕迹都不留。

正如《同学少年都不贱》所表明的那样，《妇女杂志》上的文章之所以提到"缚胸充处女"，是因为人们认为"大胸部"是"与男人发生关系的结果"，以及"如果不束缚胸部就会被认为是淫荡的"。直到30年代中期，像现在这样包裹胸部的内衣才开始流行，女学生不再用"束胸"的布缠绕身体，而是穿上能起到相同效果的小背心。[1] 张爱玲在女子学校度过寄宿生活时，正值禁止束胸运动的蔓延期，现代内衣也开始普及。就像过去的"天足"和"断发"一样，当时胸部线条是衡量一个女人"进步"的标准。然而，"胸部的大小"与头发和脚如此不同的原因是，胸部的曲线很容易与性接触相联系起来。

但是，在战后，当赵珏遇到带着孩子的、胸部"给男人拉长了的"（在学时觉得粗俗不堪的形容）素容时，她一点也不觉得难过。在赵珏看来，自己能够对这个在少女时代就渴望的女人变得无动于衷，正是因为自己已与异性恋爱过，并洗刷掉了过去对素容的感情。

特别是在宿舍里，女学生之间的同性恋倾向并不罕见。1936年，也正值张爱玲于圣玛利亚女校的在学期间，发表在中华基督教女青年会创办的杂志《女青年》上的名为《女朋友》[2]的文章，代表了当时的主流观点。文章认为："女朋友间不幸地有一种不自然的近于淫邪的性的关系存在。这种事是很普遍而且是很公开的。"并且判断道：

---

[1] 謝黎：『チャイナドレスをまとウ女性たち——旗袍にみる中国の近・現代』，第82页。
[2] 张爱玲：《女朋友》，《女青年》第15卷第5期，1936年5月20日，署名露译。

"少数不正常的人,吸引着未长成的青年们的情感,使他们不能有正常的人生,对生命不能有更大的贡献的行为,无论如何都是有害的。"接着还提出了预防措施:"有机会交异性朋友的,大多数的少女和少妇们的浓厚的友谊会自然地走入正轨,她们会很快乐地各自结婚了。"在当时人们的意识里,同性之间的恋爱感情是"正常感情=异性恋"出现之前的儿戏般的感情,可以通过尽早与异性确立"正确的"关系来"治愈"。《同学少年都不贱》中的叙述显然与这篇文章的观点类似。

然而,赵珏的回想并不一定符合以上的认知。下面,让我们来关注一下赵珏思想的波动。

描写的错位

当70年代在美国再次相遇时,赵珏对恩娟仍然爱恋着芷琪这件事十分惊讶:

> 难道恩娟一辈子都没恋爱过?
> 是的。她不是不忠于丈夫的人。
> 赵珏不禁联想到听见甘西迪总统遇刺的消息那天。午后一时左右在无线电上听到总统中弹,两三点钟才又报道总统已死。她正在水槽上洗盘碗,脑子里听见自己的声音在说:
> "甘西迪死了。我还活着,即使不过在洗碗。"

> 是最原始的安慰。是一只粗糙的手的抚慰,有点隔靴搔痒,觉都不觉得。但还是到心里去,因为是真话。

赵珏认为依旧爱恋着芷琪的恩娟"不爱她的丈夫",这种看法依据的是如果与异性恋爱过就会消除对同性的爱慕这一常识。此处的重点并不在这种观点是否合理[1]上,而是在赵珏告诉自己,因为恩娟没有经历过与异性的"正常的爱",所以自己比恩娟要好得多。就像"活着洗碗的我"比"被杀的甘西迪"要幸运那样,"即使孤独也经历了异性恋的我"比"尽管是内阁大臣夫人但没有从同性恋中毕业的恩娟"要好。

台湾研究者周芬伶引用了这段描写,并做出了以下分析:"赵珏认为只爱同性,不算真正恋爱过,异性恋再不堪,也是爱的完成。就在这点上她与同性恋或双性恋作家不同,可见她还是异性恋中心的,虽然她能处理同性恋题材。"[2]

当然,成年后的赵珏并不怀疑自己是异性恋这件事。然而,在仔细阅读了以下描写后,就可以发现并不能轻易相信赵珏的自我认知。赵珏是以怎样的目光看待她所爱之人的呢?

赵珏交往过的异性恋人有两个,分别是在战争期间认识的已婚朝

---

[1] 张欣:「『怨』に囚われた張愛玲——『同学少年都不賤』の『欠点』をめぐって」,『中国研究月報』第61卷第7号,2007年7月,第1—10页。该文章认为,赵珏的嫉妒心使她的视角变得狭隘和病态,因此她对恩娟婚姻生活的猜测是不可信的。笔者同意这一观点,但这里的问题不在于小说中的客观事实如何,而在于赵珏眼中反映了怎样的事实。

[2] 周芬伶:《芳香的秘教　张爱玲与女同书写》,《芳香的秘教:性别、爱欲、自传书写论述》,台北:麦田出版,2006年,第280页。

鲜人崔相逸，以及在美国大学里任中文教师的萱望。然而，虽然存在对他们行为和对话的描写，但是对他们的外貌、服装甚至面部表情的描写却非常少。

作为赵珏初恋情人的崔相逸并没有在小说中直接登场。二人分手后，他只是在赵珏和恩娟的对话中被提及：

> 赵珏笑道："崔相逸的事，我完全是中世纪的浪漫主义。他有好些事我也都不想知道。"
> 恩娟也像是不经意地问了声："他结过婚没有？"
> "在高丽结过婚。"顿了顿又笑道，"我觉得感情不应当有目的，也不一定要有结果。"
> 恩娟笑道："你倒很有研究。"
> 说着，她姨妈进来了，双方都如释重负。

除交代了崔相逸的不忠诚之外，完全没有介绍他是一个怎样的男性。在这里只描述了以下两点：一是赵珏自己也不想知道"他的好些事"（不忠诚的部分），并且不求回报地爱着他这个人；二是恩娟对这样的爱的态度，与其说是不理解，不如说是蔑视。

与赵珏一起在美国同居过的萱望呢？与他相关的内容也只是在回忆中被触及：

> 萱望瘦小漂亮，本就看不出四十多了，美国人又总是说看不出东方人的岁数。他英文发音不好，所以缄默异常。

这样纤巧神秘的东方人，在小城里更有艳异之感。

而看起来纤巧而神秘的萱望，也和崔相逸一样背叛了赵珏：

> 赵珏在汽车门上的口袋里发现一条尼龙比基尼衬裤，透明的，绣着小蓝花——毋忘我花，偏偏忘了穿上。
> 以后她坐上车就恶心。
> "人家不当桩事，我也不当桩事，你又何必认真？"他说。言外之意是随乡入乡，有便宜可捡，不捡白不捡了。
> 后来就是那沁娣。
> 人是天生多妻主义的，人也是天生一夫一妻的。
> 即使她受得了，也什么都变了，与前不同了。

"那沁娣"只在这里出现过一次，完全没有解释她是什么样的人物。无论如何，萱望最终选择了返回大陆。赵珏认为他的选择可能是为了摆脱自己。小说中没有交代萱望是一个怎样的人，也没有交代二人之间的恋爱经历。

那么，作为同性的赫素容又如何呢？首先，来看看她在小说中出现的一个场景：

> 自从丢了东三省，学校里组织了一个学生救国会，常请名人来演讲。校中有个篮球健将也会演讲，比外间请来的还更好，是旗人，名叫赫素容，比赵珏高两班，一口京

片子字正腔圆，不在话下，难得的是态度自然，不打手势而悲愤有力，靠边站在大礼堂舞台上，没有桌子，也没有演讲稿，斜斜地站着，半低着头，脖子往前探着点，只有一只手臂稍微往后掣着点流露出一丝紧张，几乎是一种阴沉威吓的姿势。圆嘟嘟的苍白的腮颊，圆圆的吊梢眼，短发齐耳，在额上斜掠过，有点男孩子气，身材相当高，咖啡色绒线衫敞着襟，露出沉甸甸坠着的乳房的线条。

　　赵珏在纸的边缘上写起"赫素容赫素容赫素容赫素容赫素容"，写满一张纸，像外国老师动不动罚写一百遍。左手盖着写，又怕有人看见，又恨不得被人看见。

一目了然的是，赵珏看待赫素容的目光与看待迄今为止提到的异性的目光完全不同。从那些源源不断的行文叙述中可以看出赵珏的兴奋。在这里，详细描述了赫素容的特长、出身、言谈、姿态、外貌、发型、体态、服饰，以至于赫素容的形象仿佛浮现在眼前般立体而生动。换句话说，赵珏在想起本应该"冲洗得干干净净"的赫素容时，回忆竟突然变得精彩起来。不仅如此，小说中还描述了爱着赫素容的赵珏所采取的有些偏执的行动。比如赵珏不仅反复写赫素容的名字，还基于一种恋物癖的欲望，想要触摸赫素容接触过的任何东西：

　　有一天她看见那件咖啡色绒线衫高挂在宿舍走廊上晒太阳，认得那针织的累累的小葡萄花样。四顾无人，她轻地拉着一只袖口，贴在面颊上，依恋了一会。

> 有目的的爱都不是真爱,她想。那些到了恋爱结婚的年龄,为自己着想,或是为了家庭社会传宗接代,那不是爱情。

只要一想到和赫素容同时在食堂,赵珏就感到"心涨大得快炸裂了"。看到赫素容从厕所隔间出来,就偷偷地在她用过的马桶上坐了下来。然而,像这样甜蜜和悲伤的感觉在与异性相关的叙述中根本没有出现。换句话说,《同学少年都不贱》肯定了异性恋是主人公认知中的完整之爱,但从主人公的回忆又可以得知,她的爱情都倾注在了同性身上。我们该如何看待这一描写的错位呢?[1] 难道是因为主人公与异性相爱的经历是如此痛苦,以至相关的记忆被封印起来了吗?或者说,由于与不忠的恋人的关系在《小团圆》中已经详细展开,所以在《同学少年都不贱》中便不再赘述了吗?

无论如何,我们不能把赵珏的异性恋主义价值观视为理所当然,而忽略了赵珏本人在面对赫素容时的专注目光和行动所代表的东西。如果按照赵珏自己的叙述(若是与异性发生"正常"的恋爱就会完全忘记同性的事情),把赵珏和恩娟分别归类为"正常"的异性恋者/"不成熟的"同性恋者,那么就有错过这个富有魅力的女学生叙事的风险。不仅是赵珏和恩娟,女学生的性取向也不能被泾渭分明地分为两类:异性恋/同性恋。赵珏所主张的作为普遍认知的异性恋主义,已经在她自己的回忆中动摇了。

---

[1] 关于叙事与描写之间的错位问题,笔者从以同样的角度来解读林怀民的三须祐介处受到了启发。三须祐介:「クィアな、蝉の、声——林懷民の『同志小説』を読む」,『未名』第28期,2010年3月,第59—77页。

潜在的酷儿描写

弗兰·马丁指出,在20世纪华语圈中,女学生的同性恋叙事与"回想的形式"(memorial mode)紧密相关。[1]在本章的第三节中,提到了女学生叙事是"描写已经接受(或正在接受)现代教育,但难以处理自己的头脑和身体的少女们",即使不涉及同性恋问题,女学生叙事也与回想的形式之间有着很强的关联。天真烂漫的寝室里的玩笑,对同学身体的意识,以及对前辈的炙热恋情,都只允许发生在女子学校这一空间。随着毕业被迫离开这一空间,即使她们再次见到对方,也永远无法再回到无忧无虑的友人状态。要么她们会像恩娟一样,不由自主地被纳入已婚妇女的行列;要么她们会像赵珏一样,在拒绝加入这个行列的同时被视为"落伍者"。在毕业数十年后,即在不可能再回到起点的年龄,与同学再会这件事,是一个不可否认的见证被期望成为同质化存在的"作为女学生的我"的机会。无论喜欢还是不喜欢,这都成了一个审视青少年时代的理想、欢乐和痛苦,以及如何塑造后来的自我的过程。

如上所述,在40年代,张爱玲风靡上海文坛的时候,尽管她塑造了几个女学生身份的主人公,但她们大多处于与同性之间毫无连带的、孤立无援的状态之中。例如,在第四章中提及的《沉香屑:第一炉香》的主人公葛薇龙,身份设定是香港的一名高中生,但她的同学都没有

---

[1] Martin, Fran. "Second-Wave Schoolgirl Romance in Taiwan and Hong Kong", *Backward Glances: Contemporary Chinese Cultures and the Female Homoerotic Imaginary*, Durham, NC: Duke University Press, 2010, p. 63.

出现在故事之中。另外，虽然张爱玲对薇龙的美貌进行了详细的介绍，对她身体的描述却很少，而且与性有关的描写也被谨慎地隐去了。然而，在70年代以后创作的作品中，如《浮花浪蕊》、《同学少年都不贱》和《小团圆》等被认为具有强烈的自传性质的作品中，聚焦"性"和凝视身体的描写是很明显的。尽管作为张爱玲将自己的"性"进行升华的《小团圆》应该首先被提到，但是在《同学少年都不贱》中可以看到共通的主题，那就是一个似乎是以作者本人为原型的年轻女孩面对"性"时感到困惑的场景。无论是在《小团圆》还是在《同学少年都不贱》中，女主人公都痛苦地意识到，她因与美貌无缘，而对周围的人没有吸引力。值得注意的是，她对自己缺乏性吸引力的认识，并不是在她与异性的关系中产生的，而是在她与母亲、同学等同性的关系中产生的。[1]在上海时期，之所以没有描写这样一个反映作者自身的女主人公，可能是张爱玲本人心中的伤痕太深的缘故。大概要经过近三十年的时间，这份伤痛才可以成为张爱玲所认为的"非写不可"的东西。

　　《同学少年都不贱》中的赵珏在脱离女子学校这一避难所后才发现，自认为没有性吸引力的自己，也可以成为异性的性欲望对象。赵珏发现自己是可以被异性喜爱的存在，就像前面所引用的那样，这虽然可以作为对于"无法从同性恋中挣脱出来的不成熟的恩娟"的一种优越感，但是这种异性之爱只不过是进一步伤害和孤立了她自己。这

---

〔1〕 赵珏觉得自己在恩娟面前会显得"矮小瘦弱苍白，玳瑁眼镜框正好遮住眼珠，使人对面看不见眼睛，有不可测之感"。正如張欣「『怨』に囚われた張愛玲──『同學少年都不賤』の『欠点』をめぐって」所述，这不一定是故事中的客观事实。然而，赵珏始终缺乏自我肯定感，尤其是在毕业后，她执着于恩娟对她一定有负面评价的观念。

就是为什么在赵珏的回忆中，女学生时代对同性的纯粹爱情仍然璀璨，并没有失去它的光彩。

《同学少年都不贱》中只是点到为止地触及的异性恋和性的问题，在《小团圆》中却占据了主要地位。如果说《小团圆》是围绕着"家"的回想，那么《同学少年都不贱》则是《小团圆》的补充，主要内容是围绕着"学校/友人"的回忆。总之，《同学少年都不贱》这篇重要的文本提示了民国时期作为女学生的少女们如何被迫面对生存和性的问题。

第七章

世纪末台湾的女学生
——朱天心《古都》

战后台湾的历史与记忆

追随"少女乐园"故事的谱系,让我们再次把目光移向一位台湾作家——以"张迷"(痴迷张爱玲的读者)而知名的朱天心(1958—)。本章笔者将具体讨论朱天心笔下有关女学生回忆的小说《古都》[1],期望通过这个描绘女学生间(短暂无常)羁绊的故事,来捕捉其折射出的台湾世相。在此之前,有必要先简要地概括一下战前台湾的政治、语言等基本状况。

日本战败后,从大陆迁往台湾的人被称为外省人。1945年第二次世界大战结束后不久,国共内战全面爆发。1949年,败退台湾的蒋介石将台北定为行政中心,并定下"反攻大陆"的目标。朱天心的父亲,也就是在第六章中提到过的朱西宁正是当年随国民党迁移到台湾的军旅作家之一。1937年全面抗日战争爆发后,日本政府立即禁止台湾人

---

[1] 朱天心:《古都》,台北:麦田出版,1997年,第151—233页。日语版参见清水贤一郎译:『古都』,東京:国書刊行会,2000年。

使用汉文（中国语），这一点也可以在第五章中看到。蒋介石进入台湾后，中文被确立为唯一的"通用语言"（以北京音为基础的标准中国语），日语成为公共场所禁止使用的语言。

语言一直是台湾的一个大问题。1895年，清廷签署《马关条约》将台湾割让给日本时，岛上大多数人都来自福建或广东省。当时台湾并没有"通用标准口语"。台湾被割让后，唯一的"共通语言"是知识分子之间"作为书面语使用的文言文"。至于日常会话，汉族人使用源于闽南语的福佬语及客家语等家乡方言，台湾少数民族则使用各自的语言。

清朝灭亡后，中华民国通过五四新文化运动使白话文学成为主流，并推动其标准化，创造出作为国语的标准中文。但这种"作为国语的中文"从未被日据时期的台湾正式采用。如第五章所述，1936年后，随着南进政策，日本也在台湾积极施行了名为"皇民化运动"的同化政策。在这样的状况下，以日语为基础的文学开始走向近代化。

因此当1949年蒋介石禁止使用日语后，从日据时期开始定居台湾的本省日语作家几乎都在文坛销声匿迹。与此同时，这也是一个利用军事手段、经济压力和法律措施，让占人口总数不到两成的外省人在台湾社会的各个方面都占据优势的时代。为了对抗中共，台湾全域进入紧急状态。自1949年颁布"戒严令"至1987年"解除戒严"的三十八年间，言论一直处在严格的管制之下。

文学朱家与胡兰成

朱天心的父亲朱西宁是外省人出身的国民党军旅作家，而母亲刘慕沙（1935—2017年）则是出生于客家系本省人知识分子家庭的日语翻译家。在当时的台湾，像朱西宁和刘慕沙一样，文化背景完全不同的外省人和本省人恋爱结婚的例子相当罕见。刘慕沙以译介川端康成等人的日本文学而闻名。在这个家庭中，由父亲带来的中华文化和母亲身上包含日本色彩的本省人文化混合在一起，滋养了朱天心和同为作家的姐姐朱天文（1956—　）。而且，曾寄寓在朱家的胡兰成也对姐妹俩的文学创作产生了极大的影响。在谈及朱天心之前，让我们先简要回顾一下胡兰成的人生经历。[1]

胡兰成1906年出生于浙江省嵊县（今嵊州市），1937年成为汪兆铭的政府机关报《中华日报》的主笔，发表许多评论文章后崭露头角。1939年就任《中华日报》的总主笔。1940年3月亲日傀儡政权汪兆铭政府成立后，胡兰成被任命为宣传部长。但由于他很快与汪兆铭政见相左，加之1943年底的"日本帝国主义必败"等政论，胡兰成被逮捕入狱。1944年2月，出狱不久的胡兰成与张爱玲相遇。尚在狱中时他就读过张爱玲的作品并为其才情所吸引，要求与她见面。以此为契机，两人开始交往。1944年6月两人完婚，张爱玲成了胡兰成的第四任妻子。如第四章所述，两人刚刚在上海度过非常短暂的蜜月期，在武汉开展事业的胡兰成就另结新欢。1945年8月抗日战争结束后，胡兰成因参

---

[1] 胡兰成的个人事迹参见関智英：『対日協力者の政治構想——日中戦争とその前後』，名古屋：名古屋大学出版会，2019年，第410—452页。

朱西宁一家与胡兰成。后排左起：胡兰成、刘慕沙、朱西宁；前排左起：长女朱天文、三女朱天衣、次女朱天心

与日本傀儡政权而被通缉，此间他以不同的名字藏身于温州。其后于1950年经香港逃亡日本，定居于东京。

1972年胡兰成随华侨代表团访问台北，这也是他的首次台湾之行。1974年，他任职于位于台北郊区的文化学院（现在的"中国文化大学"）。正是这一时期，胡兰成结识了"张迷"朱西宁。1975年底，由于汉奸经历遭到谴责的胡兰成被迫离开文化学院返回日本。几个月后，1976年4月虽再度来到台湾，但由于文化界的反对，胡兰成不得不离开文化学院，寓居在朱家的隔壁。1976年11月返回日本。直至1981年去世，胡兰成都居住在东京福生。在台期间，天文和天心姐妹拜胡兰成为师，并组成了文学团体——"三三社"，向胡兰成学习中国典籍和小说创作。[1]此后朱家姐妹的创作为台湾文坛带来了一股清新之风，而为她们的创作奠定基础的正是与胡兰成之间奇妙的师徒缘分。

奇特的女学生故事《古都》

曾就读于台湾大学历史系的朱天心发表的多部小说都包含着对台湾史的敏锐感受，但她笔下交织着国家历史和个人记忆的巅峰之作无疑是《古都》。主角是第二人称的"你"——一个有本省人丈夫和小学生女儿的台湾知识女性。这个设定与朱天心当时的个人经验相互吻合。学生时代的友人A联系"你"，说自己即将赴京都参加学会。为了和A见面，"你"独自来到了每年都与家人一起旅行的京都。但一个人漫步京都，"你"确信A不会出现，仅仅在京都待了一晚便返回台北。拿着在日本入手的日据时期的台北地图，"你"像日本游客一样在台北"观光"。但意识到自己记忆中的那座城市早已无处可寻时，"你"不禁失声痛哭。

以上是《古都》的故事情节。此外以川端康成的《古都》为代表，作品中引用了大量的文本。"你"看到的各种事物唤起了京都和台北的形象，现在和过去，以及"你"和A的记忆。故事甚至似乎埋没于这样的描写之中。与昔日同学重逢并对他们的变化感到失望的故事与凌叔华《小刘》和张爱玲《同学少年都不贱》的描写几乎一致，可以说是女学生叙事中一个公式化的存在。然而在《古都》中，"你"虽

---

[1] 张瑞芬：《胡兰成、朱天文与"三三"：台湾当代文学论集》，台北：秀威资讯，2007年。

然千里迢迢从台湾来到京都赴 A 之约,却最终放弃了和她重逢的机会,回到了台湾。所以《古都》并不是一个团圆的故事,而是一个有关失之交臂的故事。"你"如何看待 A,又为何决定不与她见面?在笔者看来,《古都》讲述的是大的(民族)历史与小的(个人)记忆相互缠绕交织"之后的女学生故事"。

我将沿着历史与记忆这两个关键词,并以两个特征为线索阅读这部小说。一是把社会单位的"大历史"和属于个人的"小记忆"放在同列论述的这一耐人寻味之处。台湾岛有着复杂的历史,但直到1987年"戒严令"解除后,三十八年来台湾人才首次获得言论自由,可以在公共场合热烈地讨论这片土地的历史。作为外省人第二代的"你"如何看待这种热情?此外,另一个特征是开始感到衰老的女性通过同性友人回顾自身的独特姿态。

接下来让我们以胡兰成为辅助线考察《古都》的叙事。

"兴"的美学

和父亲朱西宁一样,朱家姐妹也酷爱张爱玲的文学作品。在文化学院任教的胡兰成,最初是作为张爱玲的前夫被迎进朱家的,但随着交流的加深,天心开始崇拜胡兰成,并以"爷爷"称呼他。尚在高中时,朱天心就发表了小说《击壤歌》。[1]这部日记体作品记叙了台湾最著

---

[1] 朱天心:《击壤歌》,台北:长河出版,1977年。参照文本引自《击壤歌——北一女三年记》,台北:三三书坊,1989年。麦田版《古都》所收的《朱天心创作年表》将这部作品归类为"长篇散文"。

名的女子高中——台北市立第一女子高中的一名学生朱小虾的生活，在当时引起了很大的关注。在这个可谓是朱天心起点的长篇中，"爷爷"频繁地出现。从以下两段引用中我们可以管窥主人公与"爷爷"之间紧密的羁绊：

> 就是到现在，绝大部分的人们还是视小说为纯玩玩的，更甚是种"玩物丧志"的东西。可我总笃信爷爷的话"诗歌文章是民族的花苞在节气中开拆的声音"，一个大时代的兴起，必是在文事一片蓬勃之时，所以当有一回我听到一个别人公认很有才华抱负的男孩说，文章这些都是小道不足为，唯有治国平天下，当下我就瞧不起他，瞧不起他的目光短浅！[1]
>
> 小三是我童年时候最爱的一个男孩。……以后看《战争与和平》，每看到皮耶，我就会想到小三，那是一种好温馨的感觉，好像不管这世界怎么变，你怎么变，都有一个人好深知你，在地球的某一个角落。小三就是那样的男孩。众里寻她千百度，蓦然回首，那人却在灯火阑珊处。这句话我只给爷爷和小三。[2]

诗歌文章表现出民族的骨气，而文明的关键核心在于文学，这是胡兰成的哲学，也是他在著作中论说的内容。引文的第二句话表明，

---

[1] 朱天心：《击壤歌——北一女三年记》，第21页。
[2] 同上书，第59页。

小虾继承了"爷爷"关于文学和民族关系的信念。在第二个例子中，她把对初恋的回忆与《战争与和平》，以及辛弃疾《青玉案》联系在一起，这是因为朱天心颇为喜欢这样的引用吧。胡兰成在战后谈到意识形态宣传问题时，说这些是"以此为兴"[1]。"兴"是中国最早的诗歌总集《诗经》中诗歌的表现手法之一，指借用动物、植物等来抒发自己的感情，可以说是一种隐喻。胡兰成尤为重视这个"兴"，不仅在文章中引用陶渊明的《五柳先生传》说明"不求甚解之态"，更是断言"无论连接多么荒唐无稽之理亦无妨""其内容亦不必诉说真实"。也许这篇文章包含着解开朱家姐妹[2]错综复杂的文本的线索。已经有人指出，朱家姐妹的小说被称为"论文体"，具有丰富的互文性。[3]可那不是追随"互文理论"的结果，而应是由胡兰成所谓的"兴"——"自己的欢喜之情"而生，是一种不须附加理论的"引用"。《古都》中"引用"和"作者的话"之间往往极为跳跃，或是利用"引用"将纵（古今中外的文本）与横（流行歌、现实中存在的餐厅、杂货店等品牌）等层次相异的东西毫不刻意、轻松而极为自然平等地并置在一起。这些表现可以说是以具体的方式实践了胡兰成打破常规的理论。

再要补充的是，胡兰成和原《古都》的作者川端康成之间有过直接的交流。对此，川端在自己的随笔《一草一花》里有详细的记述：

　　书法展的会场上，兰成氏跟着我走，一边告诉我书法

---

〔1〕　胡蘭成著，清水董三訳:「毛沢東論」,『改造』,1951年3月号。

〔2〕　例如朱天文的《荒人手记》，台北：麦田出版，1994年。

〔3〕　清水賢一郎:「『記憶』の書」,『古都』,第321—323页。

作品的词句、诗句的意义和出处，说着说着突然开始谈到《伊豆的舞女》。我对这突如其来的状况感到很困惑，对兰成氏的话甚至觉得不好意思，羞得把耳朵都关上了。中国的大学者说的话跟平常人的感想完全不同，对我来说有些难懂，也有些超出想象。我虽然很想反问他却无法好好反问。对兰成氏也读过《伊豆的舞女》这件事我感到很惊讶而且很慌乱。[1]

比《伊豆的舞女》更忠实于模特儿的是我的小说《名人》。……这才是基于我所见所感的真实描写。……在《名人》之中作者从头到尾都是观察者、记录者，仿佛进入一个无我的境界。也因此把《名人》里的"我"当作我来论的评论家可说是几乎没有。对此讨论最多的应该是胡兰成氏吧。他把题为《一个中国人怎么读川端文学》，接近二十四张稿纸的随想寄给我约是三个月前的事了。里面除了《伊豆的舞女》《名人》之外也提到《雪国》，对作者"我"的无我说是有东洋之风。

可是我无法甘于胡兰成氏的见解，总是不断质疑我身为小说家的资质，对《伊豆的舞女》《雪国》等作品的好运，承受着羞耻、痛苦的折磨。[2]

---

[1] 川端康成：「一草一花——『伊豆の踊子』の作者」，杂志『風景』，连载于1967年5月至1968年11月。本书所用文本引自川端康成：『一草一花』，東京：講談社文藝文庫，1991年，第336页。

[2] 川端康成：『一草一花』，第349—350页。

从杂志的连载日期来看,胡兰成送随想给川端应是1968年的夏天左右。遗憾的是现在无法读到这篇随想,而且里面似乎也没有谈论到《古都》。话虽如此,但还是可以从上文看出两人的共同之处,即基于直觉而非理性的华词丽句,以及秉持"东洋之风"的文艺态度。20世纪60年代后半,胡兰成与尾崎士郎、安冈正笃、冈洁、保田与重郎等保守派的文化人进行了深入的交流。朱天心在《古都》的日文版序里写道:"我……受胡兰成老师所邀,连续两年都和姐姐天文一起,在樱花的季节里于东京的福生度过两个多月。"[1]并且朱天心初次访问京都也是由胡兰成所引导的。那时看到"川床"(川边纳凉席)上的灯笼映照在鸭川中的倒影,胡兰成感慨道:"这就是江南啊。"

在《古都》里,"你"指着白川对自己的女儿说"江南就是这个样子"的桥段,正是从作者的京都体验所生。但和小说中的"你"一样,朱天心也"哪儿去过江南"。而教她以"自己的欢喜之情"将遥远的时空连接起来,把唐代的江南和现在的京都并置的不是别人正是胡兰成。

借由这样大胆的"兴","你"的历史/记忆,一点一点地偏离雅俗、大小、公私这样的既定框架。面对本土民族主义的"正当性","你"不是站上竞技场正面向其发起挑战,而是对议论的视点本身进行了重组。借由对权力介入记忆的侧面观察,国家的历史和个人的历史隐藏的样貌浮出水面。而在"你"获得"侧面视角"上起到关键性作用的不是别人,正是曾经的好友A。

---

[1] 日语版《古都》序,第1页。此外,胡兰成:「我遊日出処」,『天と人との際』,伊勢市:清渚会,1980年。

寻找"有可能成为那样"的自己

接下来让我们看向《古都》的主旋律——将近中年的女主人公与女校时代的友人失之交臂，而凭借这一过程她回顾了自己的半生。这篇小说以京都和台北为舞台，描写了"你"的记忆被呼唤出来的过程。但唯有"你"移动到京都这个异国的城市，和台北有了空间上的隔阂，才有可能对平常随处可见的台北街道做空间上的回溯，开展精神之旅。

重要的是，驱使"你"做这个越境的是来自一同度过少女时代的 A 的召唤。也因此在冬天的京都四处徘徊，"你"的意识不断飘回和 A 一同度过珍贵时光的城市，那在遥远他方的台北。对眼前总是呈现相同样貌的京都感到安心的同时[1]，"你"不禁想到记忆中的台北（自己生长的城市）和现在的台北（濒临记忆丧失危机的城市）之间的断裂。而对那断裂的悲叹，也同时事关"你"对十七岁时在台北的 A 和将近中年住在美国的 A 之间落差的想象。一开始在京都闲逛的时候，想到已经美国化，而且应该和自己一样渐渐衰老的 A，"你懊悔非常"，反问自己"为什么会在宝贵的假期选择与 A 见面而舍弃女儿"。对一直住在台北的"你"来说，去了美国就没回来（却以台湾为研究对象）的 A，已不过是让人感觉生疏的"他者"而已。可是正如前所述，在一边随心所欲地召唤川端康成《古都》、连横《台湾通史》、陶渊明《桃花源记》等"你"熟悉的各式各样的文本；一边游逛京都之时，"你"的心头突然涌起了无论如何都想见见记忆中友人的冲动：

---

[1] 当然，现实中京都的街道也在经历着剧烈的变化。作者为了描写台北，才特意让京都承担了"不变"的功能，所以在这篇小说中，京都可谓是承担了"古都"机能的一个装置。

你忽然很想见A，单单纯纯地想见她，忘情地想着真的是亲爱的十五岁时候比父母比什么都与你要亲的朋友啊。

这个时候"你"把刚到京都时所怀抱的悲观想象——A胖了多少、打呼是否很大声、为什么事到如今突然说要见面等的现实的疑问全都舍弃了。不变的京都的风景唤醒了剧烈变化前的台北和确实存在于其中的A的形貌。而更重要的是，对A的确认，也正是"你"确认自身的作业。

于此要再度让胡兰成登场。如黄锦树论及的一样[1]，胡兰成在著述《中国文学史话》里对朱天心的处女作《方舟上的日子》（1977年）、《击壤歌》进行了十分深入的分析：

> 再过几年，朱天心在北一女的那些同学都就职的就职，结婚的结婚了，又若干年后开启同学会来，见了面个个变得俗气与漠然。……昔日的姑娘都嫁的嫁了，死的死了。这时你对变得这样庸庸碌碌的昔年同学，你又将如何写法？这不是一句"往事如梦"可以了得。以前你曾与她们是同生同死的，现在她们不同了，而你还是昔日的你，你今日拿旁观者的态度看她们吗？但她们虽变得漠然了，她们身上亦还有着你自己。你是如同神，看着现实的她们，也看着你自己吗？

---

[1] 黄锦树：《从大观园到咖啡馆——阅读/书写朱天心》，麦田版《古都》。

在这个提问之中（也大致是在作家朱天心诞生的同时），似乎已经包含了朱天心写作《古都》的必然性。正如胡兰成"她们身上亦还有着你自己"的确切预言，确认少女时期比父母、比任何人还要亲近的朋友，也应是确认自己少女时期唯一的手段。这一点在第一章和第六章已经讨论过了。二十年前还是女高中生的朱天心以第一人称写下《方舟上的日子》和《击壤歌》，而二十年后的《古都》也是对这些作品遥远的回应。

从早熟的作家朱天心的早期创作中，我们可以体会到"大家都年纪小，大家都与天同在，与神同在，所以你与那些女孩子男孩子如同一人"（胡兰成语）那般自由流动的行文。《击壤歌》中，女主人公小虾和她的朋友乔在台风天前往淡海，两人被淋成落汤鸡的描写正是很好的体现：

> 后来我们脱了外套书包赛跑暖身。乔是学校有名的短跑选手，可是她故意跑得很吃力，等我与她并肩，跑跑，乔喘着气笑道："你看我们像不像风景画片里沙滩上的男女情侣。"当下我不敢看她，继续跑着。我不相信世间有真正美好持久的事，所以我不敢正视它。[1]

在青春的日子里，女孩们在水边嬉戏。前面论及的庐隐《海滨故人》和杨千鹤《花开时节》也都涉及了这一表象。但与之相比，少女时期朱天心笔下的这段描写抓住了女学生们在友谊和爱情之间的刹那光辉，

---

[1] 朱天心：《击壤歌》，第64页。

所以格外扣人心弦。《古都》中 A 的原型之一也许就在这里，"与天同在，与神同在，一莲托生的少女们"（胡兰成语）。

川端的《古都》[1]描写了从小分开的双胞胎姐妹在走过完全不同的人生之后片刻重逢的故事。可是在重逢之后，小说似乎暗示着两人的一生将永远不再有交集，故事以女主角千重子目送双胞胎姐妹苗子离去而结束。正是引用了这一个段落的朱天心的《古都》，暗示着"你"和 A 本来像双胞胎一样有紧密的联系，然后和千重子与苗子将永不再相会一样，"你"和 A 似乎也将永不再会。而实际上，A 并没有出现在京都。"你"只待了一晚，就离开饭店返回台北：

"你直觉 A 不会再来了——自始至终你都没相信她会来对不对？"

和 A 无法再会的直觉同时也是和少女时代的自己无法再会的直觉。就这样"你"决定了回家这"第二次越境"。手拿着日据时期的台北地图，以"日本人等于异乡人"的身份"观光"台北，意图可以稍将自己所知的台北从记忆丧失中拯救出来。有趣的是，回到台北的"你"已不怎么再想起 A 这个人，A 的存在和其他诸多事项一起退到背景里去了：

你不死心地想看一看那些十六七岁的好多夜晚曾荫覆过你们、听了无数傻言傻语却都不偷笑的老茄冬，那些老

---

[1]　川端康成：《古都》，東京：新潮社，1962年。

树们在着的话，很多东西都还会在，见不见面也没有关系，像A，像清凉寺门前的老森嘉豆腐铺，像印在死前的梭罗心版上的白橡树。

"你"回到现实台北的同时，在京都时热切盼望能再会的A与森嘉豆腐铺、梭罗心版上的白橡树一起成了"见不见面也没有关系"的抽象的象征（可以说这也是"兴"的一种）。留下的只有现实的台北和不愿承认现实，执拗地戴着外国人的面具不断追求少女时代记忆的"你"的对立。既然如此，也许可以这么说，A是让现实的"你"和少女时代的"你"相会的触媒，是促使"你"进行台北到京都、京都到台北这两次越境的契机。

在往京都之旅中（第一次越境），"你"重新在记忆中构筑了台北（及自己）"应有的样子"，可是在台北之旅中（第二次越境），这个记忆被彻底地背叛。最终连接到对都市、对社会、对历史提出异议的"你"的恸哭全是因A的召唤而起的。

成为中年女主人公和从前的自己相会的触媒的，不是过去的恋爱、恋人，而是从前的友情、同性的友人。女校时代的友人，正如对千重子而言的苗子，是"有可能成为那样"的自己。只有共有浓密时间的"分身"的友人，才能成为映照毕业之后经历岁月累积而改变的自己的那面镜子。比如说，如果促成两次越境的是她的异性恋人的话，这篇小说会是更安全的。也就是说，如果独自旅行的女子缠绵悱恻地想着过往的恋爱，读者对她最后的恸哭也会简单地理解为"因爱而生的情感上的爆发"，而不会将之看作投向自己的词句。

但事实上却不是这样的,《古都》没有采取这样老套的追想叙事,而是把同性友人设置为"你"追寻记忆之旅的契机。这一点可谓是《古都》回想叙事的真髓。A 是"有可能成为那样"的自己,也是胡兰成所言的"与天同在,与神同在"的"我们"。笔者认为,借由思考 A 的事,"你"的内省才得以深入自己的内部,成为挖掘时代和个人的核心之物。

《古都》恐怕是朱天心意识到胡兰成的提问而写的小说。实际上,在《击壤歌》的后记中,年轻时的朱天心引用上述胡兰成的话,感慨道:"几年间我屡屡读此皆掩卷,直不忍啊,完全无能为力。此时抄录下来,边读边思之再三,心生恐惧。爷爷我仍无能接此招,请您再等等,再等一等好吗?"[1]

应该如何回顾往昔,又该如何描写变得庸庸碌碌的同学?从胡兰成的话来看"变得庸庸碌碌的姿态"也是朱天心自己的一部分。如何把自己描绘成一个远离神、远离光辉岁月的人,是已故的亡师留给朱天心的课题。

"你是如同神,看着现实的她们,也看着你自己吗?"比谁都重要的友人经过岁月变质了的姿态(并且那也是自己可能成为的样子)是否能够不以旁观者的角度,而把它当成自身的痛楚来描写?又是否可以不自我辩护、不自我粉饰地陈述个人的记忆?对这两个难题,朱天心找到的宛如走钢索一般险峻的答案,是第二人称叙事。

---

[1] 朱天心:《击壤歌》,第237—238页。

"你"——第二人称叙事的装置

"你"这一第二人称叙事,无疑成了诱导读者进入文本内部的装置。[1]如果这个小说是以第一人称来写的,主人公的陈述岂不是无法完全从自我辩护和自由粉饰中解放出来吗?而"你"和A之间的回忆也会作为"主人公等于叙述者"的主观的、绝对性的记忆画成一个封闭的圈,成为和读者完全无关的故事。如果是用第三人称,主人公和叙述者完全割裂开来,恐怕有可能变成胡兰成所说的"拿旁观者的态度看她们",成为描写他人的故事。而借由第二人称"你",一个绝妙的叙述者(隐藏的"我")悄然诞生,他既可以紧紧地贴近心情又能以冷静的距离凝视"你",吸引着读者进入"你"的记忆世界。

"你"拿着日据时期的地图从京都回到台北,但你记忆中的台北现在已经消失不见。当走到历史悠久的大稻埕时,人们"见渔人大惊"。明明是探访自己熟悉的街巷,但"你"却意识到自己不知不觉间成了《桃花源记》中的渔人。"你"所失去的不仅是A,还有曾与A在一起的那个自己。

《古都》是女学生重逢这一构造的延伸,但它同时也讲述了一个与过往自己失之交臂的故事。"你"不仅没能和A相遇,还遗失了自己的过去。曾经天真烂漫、自由奔放的女高中生"你"过去与现在都被历史这个巨大的叙事所裹挟,朱天心的作品毫不夸张、毫不美化地告诉着我们这之后发生的故事。

---

[1] 黄英哲:「歴史・記憶とディスクール——朱天心『古都』論」,同志社大学『言語文化』8卷1号,2005年8月。

第八章

在那之后的乌托邦
——王安忆《弟兄们》

"文革"后的少女们

自五四新文化运动以来被视为绝对浪漫的恋爱,可以被意识形态超越,不选择爱情(婚姻)的少女形象开始出现。由于反右运动和持续了十年的"文化大革命",有关爱情的描写在文学当中几乎绝迹。

在"文革"风暴平息之后的改革开放时期,"性别"再次恢复,浪漫的爱情也作为一种崇高的感情重获新生。在此之后,文学作品如何描绘异性间的恋爱和女性同性的羁绊?本章将视线转向中国大陆的代表作家之一王安忆(1954—),对她的中篇小说《弟兄们》[1]展开考察,以尝试回答这个问题。这篇小说描述了80年代以后的中国女学生是如何顺应/不顺应社会性别规范的。在对《弟兄们》的情节进行概说的基础上,笔者期望将该小说描述的女学生生活置于共和国成立后的校园故事谱系中。此外,本章也将援引美国诗人兼评论家艾德里

---

[1] 王安忆:《弟兄们》,《收获》第3期,1989年。参照文本引自《王安忆自选集之二——小城之恋》,北京:作家出版社,1996年。

安娜·里奇（1929—2012年）提出的"女同性恋连续体"概念，考察《弟兄们》中女性间牢固连接的可能性和局限性。

女"弟兄们"

《弟兄们》是1989年发表的中篇小说。也是在这一年，"文革"后初登文坛，并已作为中坚作家站稳脚跟的王安忆陆续发表了《岗上的世纪》《神圣祭坛》等一系列雄心勃勃的作品。

《弟兄们》的故事始于南京一所大学的美术系。三个已婚的女学生相互称作"老大"、"老二"和"老三"（表示兄弟顺序），并试

王安忆（中）与父亲王啸平（左）、母亲茹志鹃（右）

图发展出刘、关、张桃园结义一般的兄弟情谊。她们"样样事情都做得比男生出色",房间更是"比男生宿舍还更脏更乱",并且三人还"像真正的兄弟仨一般喝酒"。远离各自的伴侣,她们在学校这个避难所内,模仿永恒不变的"男性友谊"建立起彼此之间的羁绊,在彻夜不眠的夜晚互相倾诉最隐秘的心思,为保住已婚后的"半个自由身",在凤凰山一起立下"这辈子绝不要孩子"的誓言。然而,随着毕业的临近,先是老三决定跟随丈夫回乡,告别自己的"兄弟"身份。随后,失去老三的老大和老二也在毕业以后彼此分别,开始了自己的工作。在南京担任美术老师的老二(老王)过着枯燥无味、日复一日的生活,但当怀孕的老大(老李)从上海前来探望她时,故事的齿轮再次转动起来。为避免想起老三的"永远缺席",老大和老二决定互相改称对方的真名——老李和老王。再次相逢的她们如洪水决堤一般疯狂地为对方所吸引,以至老李的丈夫对两人的亲密姿态深感不悦,并设法分裂两人。但是导致她们的友谊走向破裂的并不是老李的丈夫,而是老李刚出生的孩子。

关于这部作品,一些先行研究试图从女性主义的角度来解读三个女人的友谊。例如,张京媛将《弟兄们》视为一部"旨在探索女性的意义,并指出男性逻各斯中心的意识形态是多么的扭曲和不足"的作品。[1] 戴锦华在接受张京媛论点的同时,认为主人公们的尝试——寻找"女性自我"的"精神冒险"——的最终受挫原因在于"女性"不过只是男性文化定义和构建的对象,她们的意义和命名只能在男性规

---

[1] 张京媛:《解构神话——评王安忆的〈弟兄们〉》,《当代作家评论》第2期,1992年。

定的前提下进行。[1]收录了《弟兄们》英译本的选集也对其进行了解说，认为它表现出两个已婚女性对何为"女人"、何为"自我"的摸索，以及她们被"妻""母"的职能所吞噬的过程。[2]本章的考察基本承袭了以上先行研究，但笔者希望进一步关注的是学校（女生宿舍）这一孕育出"女之羁绊"的场所，以及小说描绘她们关系的叙述方法。为了探究这两个问题，有必要先概观一下共和国女学生的群像。

共和国女学生群像

正如本书第一章和第六章所讨论的那样，自女性教育制度诞生以来，中国文学中出现了各式各样的女学生叙事。民国时期的女学生或享受着学习的快乐，或与同学发展出类似恋爱的感情，但无论如何，她们都对毕业后的前途感到焦虑不安。除了进入家庭之外，社会从未期望女学生们以别的形式实现自我。所以对她们而言，学生时代只是一段有限的暂缓期，一旦毕业，她们将不可避免地被纳入"女性结婚员"[3]的行列。她们的焦虑不仅源于无法学以致用的未来，还源于女子学校

---

[1] 戴锦华：《涉渡之舟——新时期中国女性写作与女性文化》，北京：北京大学出版社，2007年，第214页。

[2] Sieber, Patricia. "Introduction", *Red is not the Only Color: A Collection of Contemporary Chinese Fiction on Love and Sex Between Women*, Lanham, MD: Rowman & Littlefield, 2001.

[3] 张爱玲：《花凋》，《杂志》第12卷第6期，1944年3月。参照文本引自张爱玲：《红玫瑰与白玫瑰——短篇小说集二》，台北：皇冠出版社，2010年。"为门第所限，郑家的女儿不能当女店员，女打字员，做'女结婚员'是她们唯一的出路。"

时期的友情即将告终,与同性友人的羁绊即将分崩离析的伤感结局。较之自己的努力,少女们的前途更多地取决于丈夫和孩子,因为一旦结婚,连朝夕相处的友人都将再难相见。

中华人民共和国成立后这些对未来的担忧似乎被一扫而空。当对党的忠诚度被置于首位,不能再书写热烈激动的爱情时,同性之间的友谊在很大程度上充当了助推革命迈进的力量。[1]直到"文革"结束,学校恢复其功能,学生们回到城市,难以维系女性之间羁绊的主题才再次出现在文学作品中。[2]张洁(1937—)的《方舟》[3]描写了三个经历过离婚(或分居)的女同学,她们以彼此的纽带为精神食粮,在"文革"后效率至上的社会中艰难挣扎。被狂热的时代玩弄摆布后,她们才最终发现"社会仍然属于男人"这个不堪忍受的现实。三个拥有才华和向上心的女人,却因无法迎合男性社会而白费心力。在这个层面上,《方舟》的故事揭露了女性解放中的某种空洞本质,引起了人们的关注。

和《方舟》一样,《弟兄们》也是关于三个女人的故事,但其中反对的声音并不像《方舟》那样明确。《方舟》侧重于表现婚姻失败后女性的疲惫生活,而《弟兄们》则将重点突出为学生时期与毕业后

---

[1]　例如电影《红色娘子军》(1960年,谢晋导演)也是将女性集体的友情培养为革命助推力的典型例子。女性角色们身着军服,一起生活在兵营里,向指导员学习,她们的身姿是女学生群像的延伸。

[2]　在多数知青文学的描写中(例如王安忆:《六九届初中生》,北京:中国青年出版社,1986年),上山下乡的青年们并没有在异乡团结起来,而是相互孤立地尽可能为自己争取更好的条件。

[3]　张洁:《方舟》,《收获》第2期,1982年。参照文本引自张洁:《方舟日子只有一个太阳上火》,北京:作家出版社,1997年。

生活的差距。小说中的主人公老王（老二）在"文革"初期正是初中一年级。从这个描写来看，她与生于1954年的王安忆大致是同代人，比《方舟》的主人公小一轮。那一辈年轻人大都经历过从城市到农村的"下放"，并且1977年恢复高考后才进入大学。所以，小说中排行"老二"的老王应是二十五岁左右，并且三个女学生都已结婚（而且年龄各异）的设定也在一定程度上反映了当时特殊的历史背景。虽然文本中没有描述，但离开下放地，进入南京的大学学习的经历，对她们而言一定是人生的重大转机，这或许也催生了三人之间牢固的连接。分别之际，老三引用了毛泽东诗词中的"战地黄花分外香"，将她们的关系比作"战友"[1]。在这个淡化社会背景的文本中，只有从这个地方才可以窥探到"弟兄们"之间共通的政治体验。从这个意义来说，《弟兄们》也可称得上是一部描写"文革"后知识青年的小说。

变化的视点　循环的时间

这篇中篇小说由五节组成，可以分为三个主要部分。首先是描写三个女学生宿舍生活（第一节）的第一部分。其次是从毕业到老大、老二重逢的第二部分。毕业后，老二（老王）在家和职场之间过着索然无味的生活，但怀孕的老大（老李）前来探访，两人再次相逢（第二节）。最后是第三部分，老大和老二恢复了学生时代的亲密关系，

---

[1]　引用自毛泽东1929年创作的《采桑子》："人生易老天难老，岁岁重阳。今又重阳，战地黄花分外香。"

但由于一个意外二人永远分别，老王再次陷入孤独（第三到第五节）。虽然小说全篇都是第三人称叙述，但《弟兄们》的一大特征是，每个部分视点人称的单复与称呼都不尽相同。如第一部分的主语基本都是"她们"，这给读者留下了深刻的印象。从小说开头的描写便可看出这点：

> 在学校里的时候，<u>她们</u>有兄弟仨，分别为老大，老二，老三，将各自的丈夫称作老大家的，老二家的，老三家的。她们是这班上唯有的仨女生，可是样样事情都做得比男生出色。<u>她们</u>三人一间的宿舍，比男生宿舍还更脏更乱：吃了饭碗是不洗的，都是在吃饭前洗；洗过澡衣服也是不洗的，要在下一次洗澡前洗。老大从素描室偷来的一个石膏人头，转眼间被老二画上了一蓬胡子，又接着被老三描上了一副眼镜，立在放满杂物的桌子中间。<u>她们</u>早上起得比最懒散的男生还迟，在星期天或假日的时候，<u>她们</u>可从前一个夜晚直睡到后一个夜晚。阳光穿过栏杆，从<u>她们</u>一动不动的被窝上走过，再接上了月光。而当<u>她们</u>勤奋的时候，又比最积极的男生还要早起。<u>她们</u>三人穿了球鞋，悄无声息地走过黎明前最黑暗的校园，去爬学校背面的凤凰山。……这往往是彻夜不眠的夜晚，<u>她们</u>打开了心扉，将自己最隐秘的心思说了出来。这其实是人生中最难得的感人的一刻。（下划线由笔者添加）

在这个阶段，"她们"的行为基本上是可以互换的，作者并没有赋予三人凸显个体差异的名字。直到老三的丈夫登场并叫出老大、老二的名字，她们一个姓李，一个姓王的事情才为读者所知，而老三直到最后都没有被赋予名字。不仅如此，小说丝毫没有提到外貌、表情、服装、说话方式这些可以表现个人特征的东西。王安忆是一个喜欢剥去人物的名字和外表，把她/他们描绘成唯心的、观念性的存在的作家，这种创作方法也被运用于《弟兄们》中。张洁的《方舟》赋予了三个中年女性完全不同的处境、外貌和职业，而这种不同也正使得她们可以友好地相互支持。与之形成对照的是，王安忆笔下的"弟兄"是一个三位一体的单位，也正因如此，她们相互倾吐的"最最隐秘的心思"很快就为三人所"共有"，而不被视为个别的存在。就像这样，作者小心翼翼地剥夺了三个女学生的个性。

这种"不特定性"不仅适用于人物，也适用于叙事时间。而只有在"老三家的"——在徐州铜山县文化馆工作的老三的丈夫前来宿舍探望时，这种"兄弟"三人一组的均衡才会被打破。一般来说"××家的"指的是"××的妻子/老婆"，所以自认为是"兄弟"的三个女学生将她们的丈夫称为"××家的"。老三的丈夫将常见的姐妹情谊套在自认为是"三兄弟"的老大和老二身上，称呼她们为"大姐""二姐"，但这种做法却让她们"觉得俗不可耐而皱起了眉头"。三个女学生构建起牢固的"兄弟情谊"，但她们的自我认识与外界的态度之间存在着巨大的分歧，而这种看法的差异正体现在上面一幕中。更值得注意的是，老三丈夫的来访并没有被描绘成只发生在某一天的特殊事件。

作者在描写老三丈夫的探望时精心地添加了几个副词。"老三家的……<u>经常</u>来南京联系工作"，"这一顿<u>总是</u>他请大家客"，"一个学期结束了，<u>寒假或者暑假</u>开始了"。在这些描写的提示下，可以看出三个女学生打破常规的行动，其中一人的丈夫来访，被打乱的平衡，随后关系的修复，以及即将到来的长假，都是在学校这个封闭的空间里循环往复的一系列事件。一周的每一天和每个季节都在学校中不断重复，就在这个重复的空间里，她们过着看似可以相互交换的生活。

有感于茫茫人海中三人得以相遇的幸运，她们彻夜不眠地畅谈彼此心事。正如戴锦华指出的，这是一场寻找"自我"和探究"什么是自我"的对话。在时间的漩涡中，她们就自己是什么，爱是什么，男女是什么，进行了无休止的对话。这种忧虑也不专属于谁，就像人和时间都不是特定的，她们的苦恼也可以相互交换（除非"老三家的"这一入侵者到来）。

正如下文的论述，《弟兄们》实际上是一篇描写老二（老王）与老大（老李）感情的中篇小说，但学校时期"兄弟"共有"三人"的设定也意义重大。一方面，三位一体的单位模拟了《三国演义》中的兄弟结义；另一方面，它也将女孩们从一对一的专属亲密关系中解放出来。虽然她三人的关系是独一无二的，但对每个人来说，她们所依恋的不是一个人，而是其余的两个"兄弟"。换句话说，三人一间的女生宿舍是一座有时限的乐园，并且在此空间中诞生的亲密关系是非一对一的。因此，这间宿舍在排除异性（她们各自的丈夫）之余，也与社会公认的性别规范——至高无上的爱只产生在异性之间，并且是一对一的排他性关系——之间存在双重背离。

在入学之前她们就已经受到这种"性别规范"的支配，毕业后她们仍必须遵循这规范。是留在南京的学校当老师，还是按照丈夫的要求返回家乡，经历了一番拉扯后老三选择了后者。毕业之际，老三对老大、老二笑着说"如有一辆车撞了她才好"，她又感叹和老大、老二"在一起，她是那样放纵自己。她从来不能这样放纵自己，将来也不可能了"，"就说吃饭这一回事，那钟点是靠死的。……为人妻母，将有许多义务，一点也不可大意的"。

剔除了理所当然的规范和义务，在这个自由的世界里，她们享受着百分之百属于自己的时光。而从一开始她们就明白，随着毕业的到来，这段美好的时光终会消失。老三思考良久的表白和听到这番表白后"弟兄"的恸哭，都意味着毕业给她们的生活打上了决定性的标点。那么，为何女学生的宿舍体验会在她们之间形成如此紧密的羁绊？这个世界终要土崩瓦解，她们之间的羁绊究竟又意味着什么？

强制的异性爱与乐园的解体

美国诗人和评论家艾德里安娜·里奇在1980年发表了文章《强制性异性恋和女同性恋的存在》。[1]这篇文章将以异性恋为纲，抑制同性之间的情感和欲望，强制其作为异性恋者行事（即使她们不是）的机制称为强制性异性恋（compulsory heterosexuality）。对里奇来说，为"确保男性拥有对身体、经济和情感的占有权"，强迫女性成为异

---

[1] Rich, Adrienne. "Compulsory Heterosexuality and Lesbian Existence", *Blood, Bread, and Poetry — Selected Prose 1979-1985*, New York City, NY: W.W. Norton & Company, Inc., 1986. 参照大島かおり訳：「強制の異性愛とレズビアン存在」,『血、パン、詩。——アドリエンヌ・リッチ女性論』, 東京：晶文社，1989年。

性恋的做法最成问题。异性恋中心主义（heterosexism）迫使女性爱恋男性的同时，又强制她们成为男性欲望的对象。这是父权制的思想支柱，也正是迫使老三回到故乡的压力来源。老三试图用"爱情"来解释自己的归乡，但"三兄弟"早已看透这种"（异性）爱"里充满了欺骗。里奇进一步提出了"女同性恋连续体"的概念，将女性之间的纽带视为对抗强制性异性恋的手段。里奇还将"选择同性作为分享激情的同志、生活的伴侣、同事、恋人、共同体成员"的女性定义为"女同性恋的存在"，并将之与"基于性欲望的女同性恋"区别开来。里奇之所以将这种纽带关系称为"连续体"，不是因为它仅指"一个女人与另一个女人有性关系或自觉希望性关系"，而是因为它"囊括了诸多形式的女性之间的重要连接，是一个包含共享丰富的内心生活，联合起来反对男性专制，相互提供实践帮助和政治援助"的复杂概念。

异性爱主义旨在培养与男性恋爱并为男性所爱的存在，最终迫使女性为了维系男性家族的存续而成为母亲。在这里，笔者试图将异性爱主义眼中不妥的、威胁的，甚至是可怕的女性同性的羁绊解释为"女同性恋连续体"。用里奇的话来说，男人真正害怕的是"女人可以对男人完全漠不关心"这一事实被摆在眼前。《弟兄们》描述的正是这种女同性恋连续体（让强制性异性恋社会陷入恼火，不依赖男人的女性之间的羁绊）的变体。这个连续体与她们爱着（爱过）自己丈夫的事实并不矛盾。反而恰恰因为身为异性恋的她们经历了"正常婚姻"，但比起同丈夫的连接，她们更渴望同性之间的羁绊，所以里奇所言的"连续体"才可以"连续"起来。女性之间的纽带并不是"对同性产生欲望"的"特殊"现象，爱恋同性和爱恋异性之间实际存在着和缓的连续。

老三的丈夫之所以对三人的关系感到不快，是因为他所贯彻的异性恋中心主义并不是她们需要遵守的规范。

但是这个模拟兄弟情谊的连续体最终在强制性异性恋面前轻易地土崩瓦解。视彼此为"兄弟"的三个女学生尽情享受着自己的学生生活，但一句"后来，最末的一个学期到了"在某个节点将"循环的时间"切断，预示着三人栖居过的同性乐园终将结束。一旦毕业，她们将被迫进入一个线性的、永不重复的时间通道，再无回头的可能。来自苏北小镇的老三必须在留在南京的学校做老师和跟随丈夫回到铜山县之间做出选择。而想要把她带回乡下的丈夫则开始对她们三人的羁绊表露出敌意和轻蔑。他不仅毫不掩饰地对"老三"这一令人联想到男性兄弟的称呼表示反感，到了南京后更是得意地对老三颐指气使起来。老大和老二直言在南京和在乡下完全是两种截然不同的命运，劝说老三先留在南京工作，之后再把"老三家的"调来南京。可老三却对两人坦言丈夫不愿如此，因为"他觉得跟了女人走路，说话再也说不响了"。

> 她们便冷笑道：照这个意思，只有女人跟他，好让他说响话，女人则沉默。老三就有些急，说：并不是这个意思。她们连连冷笑，说怎么不是这个意思？难道还会有别的意思？老三情急之下，不由脱口说道：男人如不为女人承担责任，岂不正是令我们失望的事情？她们一怔，没想到老三竟会说这样搬起石头砸自己脚的话。然后，老大才慢慢说道：老三你又糊涂了，他现在难道是为你承受什么责任？他明明是承不起责任，却要你为他的自尊而牺牲前途。老

二接着说：这样的时刻，最具男子汉气质的做法应是，打开闸门，让你奔向大海。老大笑道：这倒也是一个悲壮的手势。老三却哭了，说道：我不要什么手势，我只要夫妻和睦快乐！她忽然间流露出一个平凡女人的人生理想，使她们失望透了。

以上是三位一体的"兄弟"中，一人萌生出"妻性"（张京媛），决定永远离开另外两人的场面。老三并不是不知道两个"兄弟"的话一针见血。如前文所述，在宿舍的最后一晚，老三曾笑着说"如有一辆车撞了她才好"。在被赋予原本的名字之前，老三就消失了，她之后的生活也再未被提及。即使到了共和国时代，像老三这样的"退役的木兰"也会成为妻子和儿媳，被婆家永远吞没。老三的离去是三人构建的女同性恋连续体的第一个裂缝，同时也意味着老大（老李）和老二（老王）从"三角中的一点"变成了彼此"独一无二的存在"。

汹涌的潜流

毕业后，叙事视角集中在老王（老二）一人身上。失去与"弟兄们"的联系后，老王在日常工作之余集中于课外教学，同时在织毛衣、化妆和购物等方面也投入了不少精力，但这些都不能满足她的空虚。美术老师的工作本与老王的大学专业直接相关，但她却无法满怀激情地投入其中。这与张洁笔下专注于社会贡献的女主角不同。还值得注意的是，老王的丈夫和老三的丈夫不同，他尊重老王的同时，还精通与她一同生活的要领。老王有知识，有工作，还有一个善解人意的伴侣，所以从《方舟》设定的角度来看，问题应该已经解决了。然而，她却闷闷不乐，继续沉浸于"人活着为了什么"这一看似空洞的问题中。"人活着为了什么"，这个问题与大学时"弟兄们"相互讨论的"自我"问题直接相关。在那段学生时代，"她们你知我，我知你，互相将各自真实的自己唤醒了。她们终于发现自己原来是这样的。她们解除了种种顾虑，放下包袱，让真实的自我解放了出来"。

老王所追求的既不是一份工作，也不是一个充满爱意的家庭，而是解放"真实的自我"。换言之，即使是容忍她的放纵，并积极肯定她的生活方式的丈夫，也无法解放她"真实的自我"。停滞不前的老王突然改变了自己不生孩子的计划。"她恨不得明天就把孩子生下来，好让空虚的人生充实起来。她听人说，母爱是可将一切牺牲的，并且没有一点怨言。她想：自己的一个'我'，既然得不到充分的实现，还不如让她伟大地牺牲掉算了。这也是一种宁为玉碎，也不瓦全的气节。……她觉得有一个庄严的牺牲正在小腹内酝酿。"

本来不打算生育的老王突然想要孩子，其原因不在于"母爱"的觉醒。相反，这一转变与大学时三"兄弟"一起许下的誓言有关。那时候，她们三人约好"一辈子绝不要孩子"，因为她们"都已是结了婚的人，只剩下半个自由身了，如若再有个孩子，这半个自由身也保不住了"。

自毕业以来，不论是工作、家庭还是爱好都没能让老王的"自我"得到充分发展。她索性放弃自己的"半个自由身"，企图借助生育将所有时间都花在自己以外的事情上。这个"庄严的牺牲"是老王为了填补空虚的时光，利用排除法做出的选择。不过，恰恰在老王为了放弃自己的"半个自由身"而计划怀孕的第二天，怀孕的老李突然前来老王的单位探访。毕业后分别许久的两人再次相逢。并且借由这次"偶然"的相会，怀孕的老李取代了原本应该填补空虚的"孩子"，占据了老王大部分的生活。

加之老李想要孩子的原因和老王一样，这更是大大拉近了两人之间的距离。"她是个情感极丰富的女人，丰富到了情感已使她感到沉重负担的程度了。她晓得增加一个小孩子就是增加一份情感的负担，而这一份负担是异乎寻常的。保全一个自由身的希望将彻底灭绝了。可是她仍然想念小孩子，没有小孩子，她心里头空落落的。"老李想要孩子的理由也同样是为了填补自己内心的空虚。也正因如此，她虽满怀希望地怀上了孩子，但有时心中也会袭来灰暗的预感，感到未来会有更多的束缚。仿佛是为了缓和这种不安，与老王的交情逐渐成为她生活的一部分。

像这样，故事进入到第三部分，"她们"再次充斥于文本中。在老三离开后的现在，两人借助信件确认了彼此之间一对一的排他性羁绊。为防止各自的丈夫看到这些信，她们将信寄到彼此的工作单位。自此，两人再次褪去个性，结成那个名为"她们"的主体：

> 她们在信中很惊异地写道：为什么她们俩会有这么多说不完的话？尽管她们各自都有丈夫，丈夫应当是比朋友更亲密的关系，可是她们彼此同丈夫说的话却都是很有限的。在下一封信中，她们又都同时恍然悟到其中是有着深

刻的原委。……精神和思想的对话注定只能在保持了距离的双方间进行。而且，这必须是同性的双方。因为异性间是无可避免地要走入歧途，以情欲克服了思想，以物质性的交流替代了精神的汇合，而肉体最终是要阻隔精神的。所以，同性间的精神对话实际上是唯一的可能。

这种叙述建立了有关"欲望"和"思想"、"肉体"和"精神"的二项对立，并以异性恋规范的"常识"为基础，认为同性之间的纽带是一种完全基于后者，绝不将对方视为欲望对象的关系。但我们不需要如此拘泥于这些"安全宣言"，因为如上一节所探讨的那样，登场人物口中"同性关系与情欲无关"的主张与她们自己构成女同性恋连续体的事实并不矛盾。最重要的是，她们的关系已要从内部侵蚀异性恋规范所推崇的"父亲、母亲、孩子组建的家庭"。虽然老王连《圣经》都从未读过，但她决定做老李孩子的教母。"她想，她们有一个小宝宝了。在这样的思想中，她已将宝宝的父亲排除在外了。她以为这个宝宝只有两个亲人，一个是他生母，另一个是他教母。"

这种想法不可能不影响到老李的丈夫。暑假期间，老王在老李家住了很长时间，无微不至地照顾这对母子。老李的丈夫表面上很感激，但心底却认为"她好像将他们的家庭拆散了似的"，而当老王叫他妻子"老李"时，他更是感到强烈地不适：

> 他起初听了还以为是在叫他，就说："对不起，我不姓李。"不料她说："我没有叫你。"这称呼使他觉得又

古怪又刺耳,好像当这么样叫着和应着的时候,他女人不再是他女人,而是一个男人,或者别的什么人了。

老王与老李喝着酒,自顾自地说着在学校时只有她们俩才知道的事情,完全忘了坐在一边的老李的男人。这时,老李提议"下个夏天再一起度过吧"。老王赞同地表示:"谁也不带,就咱们俩!"面对憧憬着夏日旅行,欣喜得出了神的两人,"老李的男人却觉得两个女人在海边的情景有一种可怕的疯狂的意味"。

这种"可怕"的意味虽指向两人的关系,但老李的丈夫也不得不承认"这个女人正和她女人潜藏在心底的那股动力前呼后应","如没有他女人心底深处的潜流作祟,那个女人也翻不了天"。

具有讽刺意味的是,老李和老王再次相遇之前,老李的丈夫已经意识到在妻子"非常平和的外表之下,很深的地方,有一股不安的潜流",而且这股潜流有着"巨大的破坏性"。因为担心这股潜流会在某天爆发,老李的丈夫将厂里一些最最捣蛋的男工带来家里喝酒,好"让那股危险的潜流疏导释放出来"。在这样喧闹的夜晚,连邻居们都前来敲门干涉,可"她却始终很端庄,使那些最没有敬畏之心的男工们对她也不得不稍事收敛"。这股汹涌不安的"潜流"是老李的本质,可她的丈夫却没有能力释放它,这与老王的丈夫直到最后都无法帮助老王解放"真正的自我"相互呼应。

她们的"真正的自我"拥有无法掌控的破坏力,足以撼动以异性恋规范为纲的平和生活,而两人的相逢正引发了这场破坏。春节前后,老王再次来到老李家,向她描绘了一个宏大的梦想蓝图:两人辞掉工作,一边给农民拍照卖作品，一边开办全国巡回的摄影展。这个梦想让她们憧憬不已，但这意味着抛弃固定的家，固定的工作，固定的生活方式，固定的规范，前去流浪，并且这无异于是希望斩断自己与丈夫、孩子的关系。

降下的"天罚"

通过描绘两人的梦想蓝图，老李和老王的关系达到了最高潮。她们称赞彼此间的羁绊不同于男女之间的情欲，它是"非常纯洁而且高尚的"，"全靠了理性"支撑，"是人性的很高境界"。老王忽然问老李如果她们都爱上了同一个男人，那该怎么办？老李回答"杀了他"。

两个女人爱上同一个男人的假设可以与埃弗·塞奇威克所说的男性之间的友爱关系联系起来。塞奇威克在《男人之间》指出，当两个男人爱一个女人时，他们对彼此的关注远远超过对这个女性的关注，处于被交换地位的女人不过是用来加深男性友谊的工具。[1]

自女生宿舍时期起，两人就开始模拟"兄弟"关系。在这样的前提下，原原本本地照搬男性之间的友爱关系似乎也是理所当然的结果。"她们同时爱上了一个男人"的假设不过是确认她们亲密关系的虚拟道具。事实上，正是通过这一问一答，两人的感情变得愈发深厚。

---

[1] Sedgwick, Eve. *Between Men: English Literature and Male Homosocial Desire*, New York City, NY: Columbia University Press, 1985. 参照上原早苗・亀澤美由紀訳：『男同士の絆』，名古屋：名古屋大学出版会，2001年。

> 她的回答使老王非常激动，眼泪都涌了上来。而她们不知道，她们的谈话其实已经到了一个危险的边缘，她们的关系也已是到了极点而不得不面临了转折。

在此处，故事的叙述者清晰可见[1]，他预言两人的连接达到"人性的很高境界"后，她们一起流浪的梦想或许无法实现。果不其然，一个转折性的事件随即发生在两人之间。老李的孩子在公园受伤后，她们的连接就轻易地结束了。老李和老王纵情谈话时，孩子突然从婴儿车里掉了出来，他的脸撞上暴露出地面的树根，划出一道深可见骨的伤口。这一意外并非老王所致，但激动的老李却对老王厉声喝道："别碰我的孩子！""老王怔住了，她觉得她的心在一片一片撕碎。"老李"却好像在一日之内变成了一个庸碌的主妇，什么思想都没有，一心只有孩子"，全然不顾被自己的话所中伤的老王。如此一来，老王才深切地意识到由"生母、教母和孩子"组成的家庭不过是自己的幻觉罢了。

此前叙述者的预言（二人的关系已经接近危险的边缘，不得不面临转折）决定了这一"事件"的意义。正因为这个预言，孩子受伤和两个女人的不当行为之间产生了一种类似"天罚"的因果关系（至少叙述者传达了这样的想法）。那么，她们必须接受惩处的"罪"到底是什么？发展到"很高境界"的友谊就要被这般责罚吗？

---

〔1〕 王安忆全面采用元小说叙事的作品是《叔叔的故事》（《收获》第5期，1990年），但在此处王安忆就已开始使用这种手法（叙述者出现在文本中对即将发生的事情进行预告）。具体参考拙论「災厄の物語は共有されうるか——王安憶『おじさんの物語』から」，共生倫理研究会編：『共生の人文学——グローバル時代と多様な文化』，京都：昭和堂，2008年，第128—149页。

在这个"事件"发生后,小说接近尾声。老李把要回南京的老王送到上海火车站检票口,此刻她再次意识到老王的不可替代。她把老王从队伍中拉出来,说道:"我是爱你的!真的,我很爱你!"

她们之间从来没有说过"爱"这个字,这个字已经被男女媾和的浊流污染了,这时候她却说了。老王的眼泪夺眶而出,她嚷道:"晚了,已经晚了!"老李也哭了,她流着泪说:"没有晚,没有晚!""不,晚了,太晚了!"老王哭着,眼泪流成了河,"有些东西,非常美好,可是非常脆弱,一旦破坏了,就再不能复原了"。

在两人的最后一段对话中,她们曾经以为彼此间"全靠了理性"和达到"人性的很高境界"的同性连带却只能用为男女关系所污染了的"爱"来形容。她们引以为傲的"理性"的纽带其实是"非常美好,可是非常脆弱"的极度感性的存在。当它即将永远消失时,老李只能将之称为"爱"。尽管在她们眼中,彼此间的羁绊不同于物质(肉体)化的夫妇关系,是高尚纯洁的、理性的、至高无上的存在。但实际上那是一种"爱",是可能对建构在异性恋规范之上的家庭产生破坏的"危险"之物。

叙述者(作者)所说的"危险的边缘"涉及这样一个事实:她们是"爱女人的女人",并且她们之间的爱已经深入到了如果爱上同一个男人,就"杀了他"的程度。也就是说,当她们还是学生的时候就已经梦见过"深渊",那是"一个全是女人的世界"。而这个从来没有人见过的"深渊"

刚一出现在她们面前就永远地消失了。

最早表现女性梦想着不结婚,只与同性生活在一起的中国小说并不是《弟兄们》。早在这部作品发表之前的六十年,庐隐的《海滨故人》就已有类似的描写。小说中,女主人公露沙感慨自己的女性朋友恋爱后,再难和她们如此前那般来往。以下是她和好朋友云青谈起日渐疏远的玲玉、宗莹时的场面:

> 今晚月色真好,本打算约玲玉、宗莹我们四个人,清谈竟夜,可恨剑卿和师旭把她们俩伴(绊)住了不能来——想想朋友真没交头……"从前玲玉老对我说:同性的爱和异性的爱是没有分别的,那时我曾驳她这话不对,她还气得哭了,现在怎么样呢?"露沙说:"何止玲玉如此?便是宗莹最近还有信对我说:'十年以后同退隐于西子湖畔'呢!那一句是可能的话,若果都相信她们的话,我们的后路只有失望而自杀罢了!"

从毕业后渴望维系彼此的连接,维持女学生共同体,以及这个共同体为强制性异性恋所瓦解的构造来看,《弟兄们》与《海滨故人》拥有相同的筋骨。但是在庐隐的时代,这种憧憬不过是不敌社会规范的无力幻想,毫无实现的可能。

比起《海滨故人》,《弟兄们》向前迈出了一步。即使在这部小说中,女同性恋连续体也没有被一般社会所接受。并且直到小说的结尾,不论她们还是叙述者(作者)都不愿直面潜藏在她们心底的欲望。

但她们其实已在"危险的边缘"徘徊,离抛下丈夫孩子,去全国巡回的具体梦想只差一步。阻止这个梦想实现的不是别的,而是老李的"母性"突然觉醒,拒绝摆脱这个因循守旧的"家庭"。可是这番略显唐突的母性觉醒后,老李却对老王进行了"爱的告白"。老王以"太晚了"为由拒绝了这份爱。从两人由细小的龃龉到永远决裂的情节可以看出她们的"爱"是多么天真和真挚。最终,像同恋人纠缠不清的玲玉和宗莹一样,也像毕业后的老三一样,老李(老大)也永远退出了老王(老二)的生活。

  两人诀别后的数年,老王独自一人前往三峡参观,故事也就此告一段落。她们曾说好要在三峡办名为"弟兄们"的画展,但这种模拟男性友谊的关系却在实现的前夜破碎了。"自己都不知道自己是要什么了",这句老王的喃喃自语表明,即使回归了异性恋规范的世界,她也无法恢复"自我"。叙述者选择不讲述两位女主人公进入"危险的边缘"之后的故事,但这并不意味着作者王安忆认为"同性恋是危险的(应该否定的事情)"。长久以来,女性同性的连接(女同性恋连续体)一直被视为"安全"的友情而被束之高阁。但《弟兄们》却用文字清晰地展现出这种羁绊拥有怎样的力量(用小说中的话来说就是"危险的潜流"),因此在当代女性文学史中有着重大的意义。

终章

以爱情的名义
——20世纪华语文学中的少女形象

"你要我怎么样呢？"

  终章也先从张爱玲说起吧。太平洋战争结束前夕，连载于日据时期上海《杂志》的《创世纪》[1]是一篇没写完就被放弃的中篇小说。故事最初的舞台是20世纪40年代的上海。由于家道中落，女主人公匡滢珠只好放弃学业，在犹太人经营的药房工作。她被药房的常客，即一个颇有声望的商人毛耀球所追求。后来滢珠在到访他家时，发现他和其他女人也有关系。原本就谈不上喜欢他的滢珠，凛然地从他的屋子里跑出来，在暴雨中回家时却不由得陷入茫然自失的状态。滢珠的祖母戚紫薇不明所以，只见被雨淋湿的孙女因擦脸而不经意间将口红晕开，染红了下半边脸，便训斥了她。不明白祖母训斥意图的滢珠，对"被训斥"这件事产生了激烈的反应：

---

[1] 原载上海《杂志》1945年第14卷第5期（3月）、第15卷第1期（5月）、第15卷第3期（6月）。后收入《张看》，香港文化生活出版社，1976年。本文引自《张爱玲典藏全集》第7卷，台北：皇冠出版社，2001年。

这样也不对,那样也不对;书也不给她念完,闲在家里又是她的不是,出去做事又要说,有了朋友又要说,朋友不正当,她正当,凛然地和他绝交,还要怎么样呢?她叫了起来:"你要我怎么样呢?你要我怎么样呢?"一面说,一面顿脚。她祖母她母亲一时都愣住了,反倒呵叱不出。

从小说的开头部分,祖母和孙女就意见相左,她们的对话几乎没有接点。但就在这时,祖母紫薇对滢珠莫名的发火"无缘无故地却是很震动",于是故事的车轮开始掉转方向。她感慨于"这一代的女孩子使用了她们的美丽——过一日,算一日"。接着的后半部分笔锋一转,回溯到晚清紫薇自身"白白使用了她的美丽"的时代,讲述了紫薇父亲突然给她结亲那天的故事:

相府千金是不作兴有那些小家气的娇羞的,因此她只是很落寞,不闻不问。其实也用不着装,天生的她越是有一点激动,越是一片白茫茫,从太阳穴,从鼻梁以上——简直是顶着一块空白走来走去。

那时的紫薇应该从没想过"自己想怎么样",因为"她这世界里的事向来是自管自发生的,她一直到老也没有表示意见的习惯"。祖母和孙女都"白白使用了她们的美丽",但不同的是对紫薇来说人生中的大事都是"自管自发生的",而滢珠还有选择"怎样活"的余地。不过这个"余地"真的让她幸福了吗?

从紫薇回顾清末的包办婚姻，到滢珠遭遇的40年代的自由恋爱，这与至今所述的少女叙事的变迁过程是重合的。就像反复强调的那样，她们的历险记可以说是以自由恋爱/结婚为中心的女性版的成长小说。经过五四新思想的洗礼，少女们认为自己的人生可以而且应该由自己做主。

自己做主被视为极可贵的，然而自己做主的恋爱/结婚也伴随着沉重的自我责任问题。况且，因为这个自我决定权非常脆弱，所以时常会引发"你要我怎么样呢"的悲鸣。她们的决定面临什么样的压力，又是如何被诱导的呢？而施加压力、诱导她们的又是谁呢？

本章关注对女性的自我决定产生了极大影响的现代女子教育，并梳理小说中女学生形象的重要作用。女学生自己做主的故事，是中国少女成长小说的核心。让我们来一起追溯从民国初期到中华人民共和国成立为止，被隐藏在少年中国阴影下的中国少女的故事吧。

作为"为己存有"的女学生

柄谷行人（1941—　）指出了日本近代文学发端于"女学生"这一存在所带来的冲击。二叶亭四迷（1864—1909年）和山田美妙（1868—1910年）都对"异性竟然有了知性，换言之，她们变为'为己存有'了"这件事感到困惑，他们的文学活动也由此而起。[1]"为己存有的女学生"

---

[1]　『協同討議——日本文化とジェンダー』，讨论者为柄谷行人、浅田彰、上野千鹤子、水田宗子。载『批評空間』第2卷第3期，1994年10月。

是什么呢？本章将借鉴日本文学中女学生表象研究的几个可供参照的观点，来思考中国的女学生形象。

首先必须强调的是，女学生是脱离了过去人们所认知的女性生存方式的存在。正如第五章和第七章所述，本田和子指出，明治时期以后的女学生远远超越了作为单纯的"性别为女的学生"的存在。[1]在前近代的日本，到了一定年龄的少女们只能直接从"女儿"成为"人妇"。女子学校这一新制度的出现，打破了少女们从"女儿"到嫁为"人妇"这一既定的人生旅程。虽然前提是成为贤妻良母，但"女学生成了与具体的未来相隔，游离于幼女与人妻之间的存在"。无关乎为政者的目的，在教育场所接触到新思想的少女们，开始成为"为己存有"，即"自己决定自己生存方式的存在"。

其次需要注意的是，女学生的爱情不只限于异性恋。据久米依子所论，在大正时代的少女小说里广泛存在的"S"（sister的缩写）描绘了少女之间的亲密关系，并受到读者欢迎。例如，吉屋信子（1896—1973年）因在小说中描写了少女之间缠绵的情感交流，而拥有众多狂热的读者。虽然吉屋自身是公开了性取向的女同性恋，但她在写作时并没有主张脱离主流的性别规范意识，而是把自己描写的少女之间的情谊置于"第二恋爱"的位置，这一点十分耐人寻味。她将第二恋爱视为第一恋爱（即"异性恋"）的准备阶段。或许正是出于这种"安全"的主张，吉屋小说得到了文坛以及社会的认可。不可忽视的是，随着她们"浪漫的（同性）情谊"获得少女读者的广泛支持，尤其是通过少女杂志投稿栏的交流，浪漫的少女共同体这一概念被逐渐内化

---

［1］ 本田和子：『女学生の系譜——彩色される明治』，第186—187页。

了。少女们争先恐后地投稿,用吉屋风格的美文笔调披露"自己的浪漫友情",进而使得社会认为"浪漫"的心境是少女独特的气质。从女子学校毕业后,少女们也就告别了这种"浪漫的同性之间的友情",被强制归顺于异性恋的社会规范。[1]

最后,对女学生来说,人生中的自我决定基本等同于对"自由恋爱"以及结婚的态度。可以(并且应该)践行自由恋爱这种思潮,使得少女们被卷入新的残酷竞争中。当男女之间的自由交际在小心翼翼中开始时,少女们面临的现实是,能否遇到理想的恋爱对象并不取决于她的学识或思想,而是更多地取决于她的女性魅力。

以田山花袋(1872—1930年)的《棉被》[2]为例。这是一个名叫竹中时雄的作家对自己的女学生抱有非分之想的故事。他在收到想要成为自己的女弟子的人的委托信时如下所想。"女性的容貌是非有不可的。丑陋的女性哪怕再有才华男人也不会放在眼里。时雄也时常在心里想,那些声称要从事文学的女人一定很丑陋。不过尽量还是希望对方至少看得过去。"令人意外的是,来到东京的女学生横山芳子竟是个美女。相比之下,时雄觉得过去深爱的妻子显得老态了,并觉得"被这么时尚、新式、美丽的女弟子喊着老师!老师!在她眼里自己仿佛是世界上多么了不起的人,啊,谁能不心动呢?",他为女弟子"美丽的姿态,时下的盘发,华丽的法兰绒上漂亮地系着橄榄色的腰带,

---

[1] 久米依子:『「少女小説」の生成:ジェンダー・ポリティクスの世紀』,東京:青弓社,2013年,第230—255页。

[2] 『新小説』1907年9月号。引自田山花袋:『花袋集』,東京:易風社,1908年(国立国会図書館電子データベース)。

稍微斜坐着时的那种魅惑"所倾倒。

正如柄谷所说，对于经历了旧式婚姻的男性知识分子来说，为己存有、有自己的话语和理想的"新女性"的确是充满着魅力和神秘感的。不过若是她的容貌不够理想，哪怕有再多的知识，再高的教养，恐怕非但不能算美德，反而还会衬托出她的缺点。不安分守己的姑娘向来是要受到惩罚的。努力取得知识/学识需在适当的范围内，提起笔来做文章也不得脱离异性恋的规范。就像第四章中提及的张爱玲《小团圆》中的叙述，女子教育培养的往往是"被爱的少女"，不是独立（不需要男性）的异类女性。

另一方面，赤松香奈子在解读这类少女小说时，沿用了浪漫恋爱意识形态的概念。[1]浪漫的小说和电影宣扬自由恋爱/结婚，被其煽动的少女们便以为自己的恋爱是"命中注定"而不容他人干涉的，必须克服一切障碍去追求的神圣存在。因此，当她们所企求的恋爱或结婚遭遇失败时，和前近代的女性相比，挫折感也更加沉重。不遵从或是无法遵从浪漫恋爱意识形态的女性，作为被嘲笑或自嘲的对象，迄今还是非主流的存在。

"我是我自己的？"

那么，中国的女学生也是"为己存有"的先驱吗？女子教育和宣扬自由恋爱又有怎样的关系呢？

---

〔1〕 赤松香奈子：『近代日本における女同士の親密な関係』，東京：角川学藝出版社，2011年。

在《红楼梦》的第 42 回里，有这样一个场景，薛宝钗劝告林黛玉道"咱们女孩儿家不认得字的倒好"。因为"最怕见了些杂书，移了性情，就不可救了"[1]。这里的"杂书"指的是黛玉当时爱读的《牡丹亭》《西厢记》之类。对于被父权制青睐的"稳健派"宝钗来说，被"言情"书打动，对女子来说是毁灭的第一步。宝钗劝导黛玉，虽然花季少女喜欢恋爱故事是人之常情，但对于良家女子来说结婚是"自管自发生的"，因此"持当事人心态"是一种禁忌。这是一直延续到《创世纪》中紫薇所处时代的常识。

在第一章提到的陈衡哲自传[2]里，介绍了清朝末期热切希望在学校学习的女儿与强制她结婚的父亲的一场意味深长的冲突。当女儿拒绝父亲提出的婚事时，父亲对她不想结婚这个选择尚能接受，只说"我可不想看见我的女儿像街头的下贱女人一样自己选丈夫"。对此女儿马上回答"我永远不结婚"。从此处或许可以发现，她的选择与前近代中国发誓终身不婚的"自梳女"的相通之处。换言之，在前近代，"一辈子拒绝异性恋爱及结婚"比"自己选丈夫"更为人所接受，女性可以选择的只能到"不结婚"为止。自由恋爱和自由结婚只能是"下贱女人干的事情"。

那么，民国以后如何呢？陈衡哲美国留学时代的友人胡适在五四运动前创作的剧本《终身大事》[3]里，正面塑造了选择自己所爱的男性，

---

[1] 曹雪芹：《红楼梦》（上），北京：人民文学出版社，1996年，第568页。
[2] 陈衡哲著，冯进译：《陈衡哲早年自传》，第189页。
[3] 胡适：《终身大事》，《新青年》第6卷第3号，1919年3月。参照文本引自洪深编：《中国新文学大系戏剧集》，上海：良友图书印刷公司，1935年。

离开家庭的新女性田亚梅这一形象。但在学生剧团里却完全找不到想出演这个角色的人，因为大家都怕"站在这样不道德的舞台上有损自己的名声"[1]。

除此之外，在本书中反复提到的鲁迅作品《伤逝》里，描写了像亚梅这样选择自由恋爱的新女性离家出走后的结局。女主人公子君在喊出"我是我自己的，他们谁也没有干涉我的权利"这句神圣的宣言后，选择了自己所爱的男性——故事的叙述者涓生——开启了同居生活。随之关于恋爱的价值观也发生了激烈的变化。民国初期，中国女性自己决定恋爱对象这件事被蔑视为最下贱的行为。正因为如此，子君的"我是我自己的"这一宣言是划时代的，但其后当爱情消逝被恋人抛弃时，她就必须自己承担选错了恋爱对象的责任，完全被切断了与社会的联系。《伤逝》出版三年后，叶绍钧创作了《倪焕之》。正如第三章所述，小说中被主人公倪焕之追求的女学生回避自己做决定。这虽说是从高唱自己做主的子君以来的一种退步，但同时也可以说是一种自我保护的手段，以便她能在自由恋爱/结婚这样极不稳定的男女关系中免于付出自己的一切。

当然，"爱"并不仅仅停留在精神层面上。茅盾的初期作品《幻灭》[2]里的女主人公"静"名如其人，性格极其文静。但她也意识到自己的内在隐藏着对肉体的欲望。"当换衣时，她看着自己的丰满的处女身，不觉低低叹了一声。"她和自己并非特别喜欢的同学抱素发生关系，

---

[1] 洪深：《导言》，《中国新文学大系戏剧集》，第23页。
[2] 连载于《小说月报》第18卷第9号及第10号，1927年9月、10月。参照文本引自《茅盾文集》第1卷，北京：人民文学出版社，1958年。

并不是因为爱他,而是顺从自己觉醒的欲望。露水情缘般的关系发生后,她冷静地想:

> 完全是被动么?静凭良心说:"不是的。"……但一大半还是由于本能的驱使,和好奇心的催迫。因为自觉并非被动,这位骄狷的小姐虽然不愿人家知道此事,而主观上倒也心安理得。

对于茅盾笔下的摩登女郎"静"来说,"我是我自己的"已是不言自明的。不单是精神恋爱,若是自己做主则与异性发生肉体关系"也心安理得"。在辛亥革命爆发十六年后,即五四运动发生不足十年之时,女主人公在"爱/性"问题上的自我决定已经发生了翻天覆地的变化。

"我是自愿的"

以上概观了从胡适到茅盾,即五四时期以来的男性作家的作品。那么,女性作家又如何呢?新女性作家描写的女主人公之爱,如果是"主体决定的而非被强逼的",那么结果会是"心安理得"的吗?

美国的女性主义学者卡罗琳·海尔布伦曾对女性书写传记的行为提出以下问题:"成为或成不了性欲的对象,这个过程在女人的一生中到底起着什么样的作用呢?她该如何面对女性的价值是靠男性怎样评价自己的魅力来决定这个事实呢？"[1]这种意识不仅反映在自传里，也反映在女性作家描写的恋爱小说里。"自己选择"恋爱／结婚对象的过程，当然也是"被选择"的过程。在以陈衡哲为原型的女儿对父亲说出"我一辈子不会选择丈夫，一辈子都要一个人过"的晚清，至少良家女子对"女性的价值要靠男性在多大程度上认可自身的魅力来决定的"这个事实是漠不关心的。婚事是通过家长"自管自发生"的事情，她也无法参与这个"成为或成不了性欲的对象"的过程。

观察其后的变化就会发现，中国的女性作家直到很晚才注意到"成不了性欲的对象"的恋爱经验。正如第一章所述，冯沅君在《旅行》中很骄傲地描写了自主选择所爱对象的女主人公"我"。叙述者"我"和"他"是"最高贵的人"，背负着"最崇高的灵魂的表现，同时也是纯洁爱情的表现"的爱的使命。"他"虽然已经有了家庭，但那结合并非出于自己而是父母之命，因此在"崇高的爱情"面前那是无效的。两人宣称他们除了法律和肉体关系，"相思相爱的程度超越了人类的一切关系"。《旅行》中的女主人公和茅盾《幻灭》中与非爱之人发生肉体关系的女主人公，当然有意识上的差别，不过在《旅行》中"成为或成不了性欲的对象"这种意识尚未出现。小说中完全没有描写"我"和"他"的容貌，这也是颇有兴味的。在《旅行》中，"爱"是少数人才能达到的精神上的最高境界，是没有"性欲的对象"这些杂念存在的余地的。

在《旅行》之前发表的，也是在本书中多次提及的庐隐《海滨故

---

[1] Heilbrun, Carolyn Gold. *Writing a Woman's Life*, New York City, NY: Ballantine Books, 1988, p. 144. 参照大社淑子訳：『女の書く自伝』，東京：みすず書房，1992年。本书所用文本引自该书第28页。

人》亦值得参考。北京女子学校的五个好友中,有的恋爱结婚了,有的和恋人分手遁入空门。无论如何,对她们来说最重要的是和同性友人度过的有限的青春时光。换句话说,不管结婚是自由的还是强制的,女孩们一起度过的那种乐园生活一去不复返了。每逢友人结婚,她们便要掉眼泪,因为自己对即将开始的婚姻生活并不抱着一丝希望。庐隐可以称得上是上文所述的对"浪漫的同性友情"更为自觉的作家。

虽然这种女学生之间的亲密关系也见诸凌叔华、丁玲、张爱玲的笔端,但这似乎对男性作家来说只能是忌讳和轻蔑的对象。[1]描写"成为性欲的对象的自己"的先驱,应属丁玲的《莎菲女士的日记》。患了肺病的女主人公莎菲,被相貌英俊的新加坡华裔精英凌吉士的风流举止所吸引。虽然明知他品行顽劣,却无法克制对他产生的欲望。最终莎菲认为"甚至于没有他,我就失掉一切生活意义了",并接受他的吻。而后她发现自己并没有陶醉于接吻,从而确信自己战胜了肉欲。同时下定决心离开男人,拖着肺病的身体一个人死去。而就在《莎菲女士的日记》的前一年,茅盾在《幻灭》里塑造了一个和并不喜欢的男人发生关系而"心安理得"的女主人公。

不过,"崇高的爱情"(如《旅行》)和"错误的肉欲"(如《莎菲女士的日记》)之间还有无数色彩梯度,无法做到泾渭分明。沉樱(1907—1988年)的《下雪》[2]就是一篇从"爱"这个极其暧昧的词来讲述上述两个侧面的佳作。女主人公是一名不卖座的作家,与恋人

---

[1] 此处参考了本书第三章中的考察。
[2] 出处不详。收入沉樱:《喜筵之后》,北平:北新书局,1929年。本书所用文本引自中国现代文学馆编:《沉樱代表作》,北京:华夏出版社,1999年。

私奔同居，和父母已经断绝往来很久了。数年后从娘家那里收到一封承认她的信，于是她决定回家过年。可是由于稿费迟迟不发，她凑不到回家的路费。为此她的男人在下雪天到处帮她筹钱，并把钱交给了她。没想到当她做出发准备之时，他突然反悔并试图不让她回去。最后她还是因为男人间接但固执的口吻放弃了回家，而男人则高高兴兴地准备过年。小说末尾，女主人公"好像完全没有听到他在说什么，只是呆呆地看着脚下的床板"。

和男人私奔，放弃与父母的和解，选择和他一起过年，这无疑都是女主人公自己的选择。然而此处驱动故事进行的内在动力，已经不是冯沅君描写的崇高的爱情，也不是丁玲所描写的那种本能的欲望了。浮出表面的是当自由结婚不再作为下贱的行为被抨击以后所产生的问题。

此处令人想起许广平的回忆（虽然这并非小说）。在北京女子高等师范学校上学时，许广平与鲁迅恋爱，并抱有热切的成为教员的理想。然而就如第二章中所述，由于受到想要稳定下来专心写作的鲁迅的反对，她只好放弃了在外工作的想法。此时，"家长是顽固的压迫者，恋人是共同追求理想的同志"这种二元对立的结构已经消解。一起生活的恋人（丈夫）束缚着她，而选择和他一起生活的却又的确是她自己，并不能怪罪其他任何人。被自己选择的浪漫恋爱束缚住自由翅膀的新女性的姿态，在"九一八事变"后自东北逃往上海的萧红身上也可以看到。她和恋人萧军一起创作并出版的散文小说集《跋涉》（1933年）、《商市街》[1]（1936年）也讲述了类似的经历。故事中男女主人公的

---

[1] 《商市街》收入了1934年至1936年在哈尔滨和上海的文艺杂志上发表过的短篇小说。1936年上海文化生活出版社出版。参照文本引自《萧红全集》第1卷，哈尔滨：黑龙江大学出版社，2011年。

关系建立在爱这一脆弱基础之上,他们想努力维系两人间摇摇欲坠的关系,可以说是子君和涓生的后传。整个民国时期,浪漫恋爱从"下贱"到"崇高",后又转变为"无聊"或"卑微"。无论如何,当恋人背叛自己,爱情枯萎之时,女主人公们只能承担起"选择这种命运的正是我自己"的苦涩责任。

在第四章中提及的《沉香屑·第一炉香》[1]也是其中一例。女主人公葛薇龙称得上是十五年前丁玲笔下的"莎菲"的变奏。薇龙深知自己所爱的乔琪乔对己不忠、品行顽劣,却依然选择与之结婚。[2]薇龙完全凭借自由意志投身于这场不幸的婚姻生活,甚至无法把自己对未来的不安归咎于父权制的压迫,她只能看着站在街角的妓女喃喃自语:"她们是不得已,我是自愿的!"

能够自己选择自己的爱情,对于中国少女来说有着极其重大的意义,这在中国近现代文学史中已经被反复强调。然而,在浪漫恋爱意识形态的外衣下,是如同《下雪》的女主人公或薇龙一般的命运。她们与其说是"自己选择了爱情",毋宁说是"陷入了必须选择爱情的状态",并"被剥夺了除伴侣以外的其他选择的权利",这种故事逐渐增多却没有引起人们的关注。正因为一边窥探着父母、恋人的脸色,一边坚持着"自己做主"的姿态,才会喊出"你要我怎么样呢"这种绝望之声吧。

---

[1] 张爱玲:《沉香屑·第一炉香》,第185页。
[2] 见拙稿「生家を出た娘たち:民国期の恋愛小説を読む」。

比爱更强的信念

包括女子教育在内的新文化运动的潮流，让少女们获得了恋爱自主的可能，中国少女的冒险也由此开始。然而概观民国时期的小说可以得知，浪漫恋爱的意识形态深入人心的结果便是少女们被迫经历了"成为或成不了性欲的对象"的过程，而且自由恋爱及结婚的责任往往要由女性来背负。不过，始于毛泽东《在延安文艺座谈会上的讲话》（1942年）的中国共产党的文艺政策，赋予了少女们比"爱"更崇高的使命。抗战时期的名作，丁玲《我在霞村的时候》的女主人公贞贞，过去曾是慰安妇的她回村以后拒绝了往日恋人的求婚，并欲奔赴革命根据地延安。贞贞说"有些事也并不必要别人知道"，这句强有力的宣言不仅表明了少女的自我实现不单是依靠"爱"，而且提示了带有浓郁"革命"色彩的关系——农村少女贞贞启蒙了作为都市知识分子的"我"。

《我在霞村的时候》中，共产主义理想仅仅是作为一盏朦胧的希望之灯存在。而1949年中华人民共和国成立之后，便陆续诞生了选择比恋爱更为崇高的革命作为理想的少女的故事。宗璞（1928—　）的《红豆》深刻地描写了女大学生与相思相爱的恋人分手，自己做出决定的故事。而在杨沫（1914—1995年）的《青春之歌》里，女主人公林道静通过自己交往的对象，一步一步地成为一位革命家。恋爱不再是至高无上的精神交流行为，而是服从于更崇高的"祖国"或"党"的次要存在。这种倾向逐渐朝着极端化方向发展，到了"文化大革命"时期，文艺作品中恋爱和性的问题几乎不复存在。[1]

---

〔1〕 关于样板戏里的性别描写，参照孟悦：《〈白毛女〉演变的启示》，唐小兵编：《再解读——大众文艺与意识形态》，香港：牛津大学出版社，1993年。

随着政治运动的激化，那些海外作家的作品里，支撑、推动少女的信念（无论是爱还是思想）的缺失引人深思。移居美国的作家李翊云采取了旁观者的姿态来创作，更早期作家的作品又如何呢？名为潘人木（1919—2005年）的女性作家来到台湾后写的长篇《涟漪表妹》[1]，与《青春之歌》同样以20世纪30年代的北京校园为舞台，但呈现出的大学中的人物面貌却与《青春之歌》截然相反。[2]这个故事讲述了爱撒谎又虚荣，但不乏可爱之处的女主人公涟漪，因浅薄的决定而误入歧途的悲剧。她以包办婚姻是"封建保守的"为由拒绝了家长安排的婚姻，冲动地与一个名为洪若愚的已婚共产党员发生关系，并意外怀孕了。

这一长篇小说讲述的是"父母之命"才是理想的，少女莽撞的自己做主只会给自己带来不幸的故事。故事的设定为涟漪憧憬的自由恋爱，是一场损害作为根本伦理的亲子之爱和长幼秩序的陷阱。

家长选择的结婚对象才会给女性带来幸福，莽撞的自由恋爱会损害亲情——这种思维方式是对五四以来逐渐成为常识的浪漫恋爱的反动。不过与其说这是对提倡父母之命的旧式婚姻的回归，毋宁说这是一种冷战式的写作手法。这样的例子也可以在辛亥革命后的作品中看到。

以清朝遗民作家出版的通俗小说为例。根据美国后殖民文学学者吕淳钰的研究，作家穆儒丐（1885—1961年）有志于清朝政府的改革，

---

[1]　1952年出版于台北文艺创作社。1985年于台北纯文学出版社再版。参照文本引自潘人木：《涟漪表妹》，台北：尔雅出版，2001年。

[2]　王德威：《〈涟漪表妹〉——兼论30到50年代的政治小说》，《小说中国——晚清到当代的中文小说》，台北：麦田出版，1993年。

但在面对民国革命时丧失了信念。他认为：父母之命的婚姻才是真挚而高尚的，以个人意志选择结婚对象这种概念是不道德的。[1]对于不承认民国成立的清朝遗民来说，"自由恋爱"是民国革命给伦理中国带来的恶习。在他们的作品里，鼓吹"新"的革命只能是破坏传统美好的人伦道德，是使少女们堕落到令人憎恶的"自由恋爱"的罪魁祸首。五四以后少女叙事的特质是，"爱"这一价值观在国家政治立场面前被简化并沦为背景。

脱离异性恋

把话题转回到中国大陆的文学上。"文革"结束后，"爱情"这一主题再次出现在共和国的文学之中。在张洁的《爱，是不能忘记的》[2]中，叙述者"我"从亡母遗物里发现的笔记本中，得知了她曾因一段不正当的"爱"而心碎的往事。母亲和"他"连手都没有牵过，但两人的牵绊却"简直不是爱，而是一种疾痛，或是比死亡更强大的一种力量"。"我"得出母亲发自内心真正爱过"他"，至死都没有半点遗憾的结论，发誓自己在找到"真实的爱情"之前绝对不会结婚。这种恋爱、结婚观似曾相识。即人们赋予精神恋爱至高无上的价值，认定没有爱

---

[1] 吕淳钰：「「情」のユートピア？——穆儒丐、遗民情绪、及び戦争期満洲国の「言情小説」」，同『漂泊の叙事』，第307—327页。

[2] 张洁：《爱，是不能忘记的》，《北京文学》第11期，1979年。参照文本引自张洁：《爱是不能忘记的还有勇气吗》，北京：作家出版社，1997年。

情的婚姻不如终身不婚。长期遭到否定的自由恋爱终于得以复苏之时的文学，首先回归到了民国初期冯沅君在《旅行》中宣扬的精神恋爱上。

　　作为因"文革"而受到践踏的最崇高的感情，恋爱再次被发现时，首先要小心地和危险的性爱划分界限，并加以呵护。在张弦（1934—1997年）的《被爱情遗忘的角落》[1]里，女主人公荒妹的姐姐在"文革"时期的农村与恋人发生肉体关系，事情败露后因羞耻而投水自尽。把姐姐当作反面教材的荒妹，因此憎恨一切男女关系。后来她决定既不接受父母安排的功利的买卖婚姻，也不要冲动的肉体关系，而要自己选择基于知识和思想的"正确"的爱情。"文革"造成的伤痕痊愈之后，少女们又开始了自己做主恋爱和结婚的冒险。

　　80年代以后，改革开放路线逐渐步入正轨，出于自由意志的恋爱和结婚作为主流得以复活，人们发现：曾以为因革命和建国而已经解决的社会性别问题，实际上悬而未决。"文革"后张洁在《爱，是不能忘记的》里描写了唯美哀伤的纯爱，三年后又在中篇小说《方舟》里写了三个经历过离婚（或是分居）的女同学，在"文革"后效率优先的社会里艰难挣扎的故事。她们因为恋爱或婚姻受挫，无法迎合男性社会，以致精神被消磨殆尽。往昔"妇女能顶半边天"的力量仿佛消失了，女性在改革开放的经济浪潮中，再次面临卡罗琳·海尔布伦所说的"自身的价值要靠男性在多大程度上认可自己的魅力来决定的这个事实"这一根本问题。

　　在面对自身的价值由男性来决定的残酷现实时，《方舟》的女主

---

[1]　张弦：《被爱情遗忘的角落》，《上海文学》第1期，1980年。参照文本引自中国作家协会江西分会编：《小说年鉴上》，南昌：江西人民出版社，1981年。

人公们的知心人既不是异性恋的恋人,也不是父母或者子女,而是同性友人。正如前文所述,自庐隐的《海滨故人》以来,女性同伴间的情谊一直是女作家的写作主题之一。逃避强制的异性恋,只想一直留在女性连带关系中的愿望,以及深知这种愿望不可能实现的绝望,对于以上情感的描写绝不是罕见的。例如《我在霞村的时候》的"我"在谈及自己和贞贞的牵绊时说"我们的关系"是"谁都不能缺少谁似的,一忽儿不见就会使人惊诧的",故事结尾贞贞决定去延安之后,"我"满心欢喜地觉得"而且还有好一阵时日我们不会分开的"。被村子冷落的女性之间的看起来有些越矩的情谊,也许和大家期待的贞贞与夏大宝的婚事没成功有些关系。无论如何,"我"的存在确实影响了贞贞的选择,因为这导致她从和村里的男性结婚这一规范的生活方式中脱离出来。总而言之,无论是《我在霞村的时候》还是《方舟》,正是女性之间的情谊,发挥了让"自身的价值要靠男性在多大程度上认可自己的魅力来决定"这样痛苦的竞争失效的作用。

这种情谊暗示了"女性是为(异性)爱而生的性别"这种社会共识的脱轨,并有可能撼动家庭这一单位。不爱男性,也不执念于子女,把自己托付给同性间的情谊会发生什么呢?在第八章中论及的王安忆的《弟兄们》便是探讨这种界限的小说之一。两个在大学里结成"兄弟"的女性毕业后重逢,彼此间的感情也得到升温。这个故事颠覆了以往以异性恋为中心的女性版成长小说,提示了"为己存有的女学生"所指向的另外一个可能性。

两个女主人公原先说服自己,她们彼此的牵绊是"同性之间的柏拉图式的情谊",因此很安全。然而当关系破裂之际,其中一人却喊出

"我是爱你的！真的，我很爱你！"这样的心声。把两个女性之间的牵绊称为"爱"，这是围绕着少女与爱的故事谱系中到达的一个顶点。

故事还在继续

少女如何为自己的爱情和婚姻做主，一直是女子教育发端以来中国小说持续书写的主题。以上匆匆概观了从五四前后到1989年为止的少女叙事，这些故事的前提是自己的未来从"自管自发生"到"自己做主"的重大转换。正如前文所述，女子教育解构了女性从"女儿"到"人妇"的生存模式。也许可以这样说：拒绝包办婚姻之后，中国少女的故事不外乎讲述了从"父家"出走后如何找到下一个栖身之所的冒险经历。虽然这个"栖身之所"有时是"党"和"祖国"，但基本上忠实于"和相爱的人组建温暖的家庭"这个浪漫恋爱的意识形态。因此，许多女性版的成长小说都是围绕异性恋展开的。于是，无法凭借自己的力量"软着陆"到"夫家"以迎合家人期待的少女们，只能被动地喊出"你要我怎么样呢"的疑问。

不过，对于成年女性来说，"栖身之所"不应该只限于"夫家"。20世纪80年代末，"我想怎么样呢"的自问自答慢慢取代了"你要我怎么样呢"。《弟兄们》里所描写的对婚姻生活的怀疑就是其表现之一。

当今的少女叙事也在逐渐发生变化。例如林白（1958— ）、陈染（1962— ）的半自传体小说中描绘的投向自己身体的视线，提示了至今为止女性文学中不曾出现的自画像。再如卫慧（1973— ）、盛可以（1973— ）和安妮宝贝（庆山）（1974— ）的作品里出现了模仿颓废姿态，故意暴露自己缺点的少女形象。还有新生代作家张悦然（1982— ）、马金莲（1982— ）、文珍（1982— ）等女性作家，开始创作更为轻快的姐妹情谊故事。虽然在这里未来得及讨论，但是在亚洲第一个承认同性婚姻的中国台湾地区，少女叙事呈现出了与20世纪80年代"戒严"时期迥然不同的鲜明样貌。中国香港和马来西亚的华语文学，也描绘了与内地相异的少女形象。

中国少女的历险记，未完待续。

后记

这本书是我在 2018 年提交给京都大学的博士学位论文的节选版，为了与研究者之外的读者分享，故对其进行了全面的改写。

2012 年的夏天，我开始思考将"女学生叙事"作为博士论文的主题。我跟自己打了一个赌：先写出一篇论文并向学术杂志投稿，如果被采用，那么就集中精力将与女学生形象相关的研究继续做下去；如果没有被采用，我再重新思考选题。

然而，在花费了诸多时间与精力终于将博士论文完成的当口，我按照投稿规定的竖排版式对文章进行排版，文档页面的布局却出了问题，行间距突然变宽了，而我怎么操作都恢复不到原来的样子。当时已经到了截止日期当天的下午。附近的邮局受理窗口关闭的时间是晚上 7 点，但晚上 6 点是保育园能够延长到最晚的托管时间，无论如何都得在那之前把孩子接回来。我急急忙忙地更新了电脑的操作系统，再把文档程序重新安装以后已经是 5 点 50 分了。去保育园接孩子迟到是万万不可的。于是只能放弃了。

在过去的几个月里，我的全部身心都投入于撰写这篇论文之中，因此这个"意外"对我来说是一个巨大的打击。一边懊悔于自己对状况过于乐观的估计，一边去保育园把孩子接了回来，随后以一种茫然自失的状态准备着晚饭的时候，丈夫回来了。在他询问我论文情况的瞬间，我的情绪突然崩溃了。

"没能交上去，来不及了，一切都完了。"我哭得比眼前的孩子还要凶。

在我看来，我一直受到良好的研究环境的眷顾。在学生时代，无论是本科阶段还是研究生阶段，我每天都沉浸在学习的快乐之中。而出于对张爱玲的热爱，我心中早早萌生了想要做关于张爱玲研究的目标。

但是直到博士三年级，我仍未能刻画出一个博士论文的具体样貌。虽然我确信张爱玲的作品本身带有无穷的魅力，却想不出有什么题目是独属于我，而别人都写不出来的。另外，在北京留学期间，我突然意识到无论今后自己多么努力，读书量都无法与以中文为母语的研究者相匹敌。我迫不及待地想找到一个只有外国人才想得出的论题，但绞尽脑汁后仍是一片空白。还有一个原因则是在中国的留学生活太开心了，我对于回国后能否再次适应日本的生活而感到不安。

1996年春天，就在我于北京大学两年的留学生活即将结束之时，我的导师平田昌司先生来了一封信，他说："请你趁着还在北京的时候，把论文的构想写出来并提交，就算只有目录也可以。因为如果不这样做，以你偷懒的个性，可能这一辈子都写不出博士论文了。"我倒吸一口凉气，当时我一边想，一边折起信纸，把它偷偷塞到我一摞文件的最下面，这样我就不会再"意外"地看到它。

虽然博士论文的目录没能写出来，但是在回国半年后的春天，我得到了京都大学人文科学研究所的助手职位。两年后，我又得以在神户大学文学部任职。一切都很幸运。在这之后我虽然继续撰写单篇的论文,但也因为一直没能进行一个系统的研究而愈发感到不安。

大学里的教学工作绝对不算繁忙(现在想起来国立大学在法人化之前有着对研究十分友好的环境),但是单单备课就能让人身心俱疲。花费整整一周时间准备的讲义,一个小时左右就讲完了,因此在讲坛上感到手足无措是常有的事。等到小孩出生之后,就连备课的时间都有些不够用了。虽说提前取得了一年的产假,但这种"只有孩子的生活"开始没多久后,我就感到自己的精神状态面临崩溃,因此早早地结束产假并回归了职场。尽管与同事、学生交流的时间得到保障之后精神安定了许多,但是做研究所需的汲取知识的时间还是远远不够,因此自然无法做出具有输出性内容的研究。再加上进入 21 世纪后的前五年,我常因长子的夜半啼哭而感到睡眠不足。

只是上课的话还能勉强维持,但除了上课,其他什么也做不了的生活持续了很久。比如论文课上需要指导学生的论文写作,然而由于我到目前为止只写过一些细小的论文,所以当要给学生的论文选题提出建议与意见的时候,我只能汗颜。

并非只是为了研究,而是为每周上课的内容寻找一个像内核般的东西的时候,隐约出现了"女学生"这一关键词。虽然一直抱有想要做女性文化研究的目标,但是对于自己能够为汗牛充栋的女性主义批评增添什么新的内容却没有任何自信。然而,我并不想将作品套进已有的理论框架内,而是通过潜心研读实际的文本,来论说一些具有独创性的东西。总之伴随着以阅读文本为中心的授课内容的步伐(这也是我一直以来被指导的教学方式),我的阅读量也实实在在地逐渐增加着。

　　女学生，即"有教养的少女"，是一个现代社会以前并不存在的群体。她们是离开原生家庭之后，迈进可谓是"其间限定乐园"的学校的一群女孩子。如果用更加多元化的视角去研读那些描绘她们的文本，或许会有什么新的发现吧。受过高等教育的少女们，对于自身的未来是怎样思考的呢？应该会想要反抗父母之命、媒妁之言吧？当她们开始自由恋爱的时候，她们的选择与她们恋人的选择之间没有冲突吗？关于进入学校的少女们从离开原生家庭，到找到属于自己的位置的冒险经历，女子学校出身的作家们又是如何描绘的呢？而对于这样一群充满野心的新式少女，男性作家又是如何看待并进行描写的呢？

　　在这样的问题意识之下可以讨论些什么呢？首先便是陈衡哲与凌叔华相关的论述。2005 年，作为本书第一章原型的论文发表之后，我看到了这个论题的可能性，也感觉到自己找到了想要做下去的研究方向。但就在次年我的小儿子出生，于是又回到了光是备课就会筋疲力尽的泥沼之中。

　　即使这样，在那之后我仍是执着于"女学生叙事"这一构想并坚持做下去。原因是在暴风雨一般的育儿生活中，我常常追忆一天二十四小时都完全属于自己的学生时代。特别是住在北京大学的宿舍里时，可以喝酒喝到半夜，隔天临近中午起床后再挑选自己喜欢的书来无比任性地消磨一天的时光（就像本书第八章中王安忆的小说里所描绘的那样）。我在读书时常常想到，许多女性作家喜欢在作品中安插回忆性质的情节，一定是出于与我类似的心情。例如，看到昔日亲密的友人因结婚失去了以往的活力而感到无比痛心；看到与自己合不来的同学出人头地而嫉妒不已,却又在意识到这种嫉妒之心后对自己产生了嫌恶之情;被同学会上再次相见的男生说变老变胖后产生了不快感。每次在文学作品中看到相关的描述,我都能觉察到自己也曾有过相同的感受。正是出于这样的关心,我授课的内容也经常以"女学生"为主题。

恰巧此时,我注意到从本科阶段就爱读的张爱玲作品中一个关于女学生的故事:《同学少年都不贱》。这篇小说在张爱玲生前并未发表,描述的是十几岁少女特有的对性的好奇心与同性恋倾向。我试着将其撰写成论文,也就是作为本书核心的第六章的原型。2010年,在香港举行的张爱玲九十周年诞辰纪念研讨会上,我将这篇论文的内容发表后,意外收获了不少热情的反馈。这些年来因为忙于照顾孩子很少参加国际会议,所以我对于能够与国内外的张爱玲研究者直接进行交流并进行热切的讨论怀有特殊的感慨。回国后,我一边回味着这来之不易的感慨,一边花了两年时间打磨论文,最终尝试给国内的学术杂志上投稿。对我来说,这是具有重大意义的挑战。然而却在截止日期当天傍晚因为原稿的排版问题搞砸了。这就是这篇后记开头所记述的那个"意外"的来龙去脉。

那一天,对着无所顾及哇哇大哭的我,丈夫与儿子也手足无措了好久。最终丈夫向我提议:"事已至此也没有办法,先继续写下去怎么样?"这是很现实的建议。在那一瞬间,我才想起来邮局还有一个夜间窗口。重整旗鼓之后,我重新坐回电脑前,默默开始修正格式,最终在截止日期当天将论文提交了。这篇论文后来被学术杂志采用,次年还获得了日本中国学会设立的奖项。我终于在自己身上确立了某种自信:以"女学生叙事"为题来写博士论文的话,也许可以写出来。

虽然很喜欢张爱玲，但是要追溯"女学生叙事"，就必须要有更广阔的视野。在神户大学的课堂上，我们每年都会以一比一的比例选取中国以及其他华语地区的文学文本进行讨论。因此我将中国大陆以外的作家，例如杨千鹤、朱天心及李翊云也纳入"女学生叙事"的框架里。另外，我想写的并不是"女性文学史"，而是想要建构一个全新的"女学生叙事"的框架。因此，我将沈从文与叶绍钧等男性作家的作品也纳入了视野之中。设定考察对象的过程十分愉快，但努力打破各种先入之见，用一种全新的观念去阅读文本也并非易事。比如鲁迅"应该"指引了许广平，自由恋爱"应该"是对封建制度的勇敢抵抗，母性爱"应该"是女性所具备的本能情感，等等。在战战兢兢地排除了这些"应该"的思维定式之后，再重读作家的作品时，我发现那些本来已经无甚新意的文本，都浮现出了新的表情。

在这样不断对"先入之见"进行修修补补的过程中，我花了较长的时间才确定博士论文的范围。绝非十分勤奋的我，之所以能够将博士论文提交，还是得力于我从学生时代开始到现在所受惠的环境。

一边对迟迟没有提交博士论文意愿的我面露苦笑，但又为拙译《当中国知道爱》（该书系张爱玲小说的日译本，译名为『中国が愛を知ったころ』，岩波书店，2017年）感到欣喜的兴膳宏老师，对我说"听你讲得那么津津有味，所以我相信你也能写出很有味道的论文"的川合康三老师，以及为我超过二十万字的论文进行了无数次修改的平田昌司老师，从本科一直到硕士、博士阶段，从这三位老师身上我学会了怎样去"诚实地阅读文本"。

京都大学并没有专门研究中国现代文学的老师。即便如此，我从学生时代开始一直都对研究保有初心与热情，这应当归功于我在本科时期就参加的中国文艺研究会。与我几乎同龄的"文艺研"一直保持着每月一次的召开频率，最近不得已改成了线上会议。"文艺研"最令我感激的一点是：就算有较长的一段时间"神隐"不见，也不会有人出面责怪；等我面不改色厚着脸皮再次出现时，大家又都默默地欢迎。我经常带着年纪尚小的两个儿子参加在每个月的周末召开的研究会，孩子常常满会场地乱跑，会后我又直接带着他们一起参加在居酒屋举行的聚会，而大多数人都认为带着孩子来参会是很自然之事。每个月一次，志趣相投的研究者们可以在这儿齐聚一堂，想去的时候再去，十分自由，这样的安心感令人着迷。我能够对本书第七章里讨论的朱天心进行采访也得益于研究会的集训。在这个研究会上所收获的前辈们的恩情，我希望之后能够一点一点地偿还给下一代的研究者。

另外博士阶段在北京大学留学的两年里，我有幸当面聆听陈平原老师与夏晓虹老师夫妇的教诲。每一周，讨论课的同学们一齐敲开老师家的门，从学术讨论到晚间用餐，我们几乎说尽了一切。钱理群老师的讨论课我也参加了，当时我为跟上那些持续到深夜的热烈讨论而竭尽全力，这些记忆于我而言也都十分珍贵。以北京大学的王风老师为代表，当年的同学们都成了我的好友，至今我仍不时地与他们保持学术上的交流。

博士课程修满退学后，我在京都大学人文科学研究所做了两年的助手。从高田时雄老师那里领会到了专业研究者的应有之道。从学生时代开始在"人文研"承担的一些事务性工作实际上替我作为一名研究者开辟了一条路径。在"人文研"的时候也有幸跟随金文京老师一同调查胡兰成。

1999年到神户大学赴任后,我从向来坐在讲台下听讲的学生摇身一变成为在讲台上讲课的老师。

还未脱尽学生气就登上讲坛的我得以成长为一名教师则要归功于与我长时间共事的釜谷武志老师。怎样指导学生进行论文写作,如何与校务工作保持一定的距离但又不失己任,无论何时都不忘自己研究者的身份笃于研究,这些都是釜谷老师教给我的。我能够完成博士论文,除了平田老师的无数次删改之外,还要感谢釜谷老师对于我应该拿下博士学位的强烈建议。

这一路以来的成长并不仅仅归功于我的老师们,也得益于与学生之间的教学相长。例如我之所以能够在博士论文中引入张恨水与叶绍钧等男性作家笔下的"女学生形象"这样的视角,实际上是因为我指导的学生在毕业论文、硕士论文的选题里试图研究这些作家。在课上讲述中国文学,以及指导论文的写作,这两者即使到今天都仍是我最大的烦恼。虽然已经站在讲坛上超过二十年了,但每到周三上课的前一天晚上仍难以安睡。而每一周讲述华语文学,倾听学生的论文构想,让我从中借鉴了不少。对神户大学以及一直以来兼职的各大学的学生,我要在此致以谢意。

需要感谢的外校的前辈与友人也很多。在神户大学,我有机会结识因大学间的学术交流而轮流来访的北京大学与复旦大学的老师们。复旦大学的张业松老师邀请我参加了美国比较文学协会在上海召开的年会,我在那里发表了关于沈从文的论文。北京大学的贺桂梅老师则对"女学生叙事"这样的构想赞许有加,并强烈建议我看看王安忆的《弟兄们》。得益于此,我写出了第八章的论文,并因此获得太田胜洪纪念中国学术研究会奖。

2015年,通过神户大学的青年教师海外派遣制度,远赴北京大学与哈佛大学的经历对我来说也是重大的转机。在北京,除了得以再次参加陈老师与夏老师的讨论课,重拾学生时代的快乐之外,还遇上新文化运动百年这样一个时间节点,参加了因之举办的种种纪念活动。在哈佛大学,我则参加了王德威老师的讨论课,王老师说因我的研究与韦尔斯理学院的宋明炜老师有许多共同点而把他介绍给我。那时宋明炜老师刚写完大著《少年中国》(*Young China*),他十分清晰地对我讲述在中国"青春成长小说"的诞生与国家层面的文学运动之间的关系,那一刻在我心中涌动而出的兴奋之情至今难以忘怀。也就在那时,我不禁畅想:"如果青春成长小说这样的主题,与自己一直在做的'女学生叙事'之间碰撞在一起,将会擦出怎样的火花呢?"基于此,我将博士论文的题目定为《少女中国》。

收录于此书的论文写于2005年到2018年之间。2005年,那时长子四岁,次子还未出生。我们夫妇俩住在大阪一个叫十三的地方,但每隔一两个月就要拜托一次我在兵库县川西的父母。常常是一个电话,父母就赶到十三来。有时候丈夫需要长期出差的话,我索性回到娘家完全依赖他们在生活起居上的照拂。母亲虽然没有工作,但一直以来都将我与姐姐的教育放在最重要的位置上。我放弃了去公司上班而选择挑战研究生院的时候,独自下决心去留学的时候,以及选择事实婚(妻子选择不改姓,因而不与丈夫办理正式的婚姻手续)的时候,双亲都以"只要是你自己想做的事情就可以"的态度无条件支持了我。

母亲在今年亡故。几年前，她在进入老人院时记忆就已经衰退得很厉害了，但每次见面仍会关心我的工作，询问我："工作还顺利吗？今天忙吗？"最后听到母亲的话也是"谢谢你这么忙还来看我"。

由祖父母宠爱着长大的两个孩子如今分别是大学生和中学生了。每晚因起夜而让父母衣带渐宽的长子已经开始一个人生活了。今天，我不会再被育儿剥夺时间了，但是一想到数十年前如同在暴风雨中艰难行进的生活，以及正是从那样的生活中诞生出的博士论文，仍旧感到不可思议。研究虽建立在扎实的文本研读上，但我知道，我所亲历的学校生活与研究生活的每一个节点，以及在那之中所遇到的每一个难题，才是推进我研究的原动力。

"木兰只有两条出路。"孟悦与戴锦华的这句话并非是在描述他人之事，而是直到今日，我们中的大多数仍困于木兰的"从军"（社会意义上的自我实现）与"归家"（为了家庭倾尽全力）这样两难的选择中，无法获得自由。我为我自己设下的困局是：因家事而替自己研究的怠惰找借口是不行的，以工作为借口而怠慢了孩子的养育也是不行的。本来生性乐观的我并不怎么会钻进死胡同里，但抑郁之时所依赖的不过是通过文学研究学到的"简化是危险的，二元对立是值得怀疑的"这样的原则。中国有这样一句老话：家家有本难念的经。家庭的疑难杂症并不问性别。总有私事先于公事之时，相反的情况也是存在的。并没有什么绝对的标准来判断其中的是非。

学生有时也会向我倾诉类似的烦恼。我所能传达的只有两点：第一是寻找自己所处位置的优势以及自己的研究的愉悦之处。另一点听起来可能前后有些矛盾，那便是不满足于自己所处的位置，要努力再往前迈一步。能够改变自己的只有自己。在跌跌撞撞中，我不断地把这话说给自己听，终于完成了这本书的写作。

要感谢"岩波的驯兽师"渡部朝香女士。她对于我想将一本被中国文学专业词语固化了的博士论文变成一般读物这样的奢望，提出了诸多切实的建议。我们继张爱玲的日译本《当中国知道爱》，以及探寻古今东西文化里表现乳房的《颤抖的乳房，肿胀的乳房》（『ゆれるおっぱい、ふくらむおっぱい』，岩波書店，2018年）两书之后，再一次合作。我发自内心地感谢她对于还未成为猛兽，而时常彷徨的我的写作给出了强有力的建议。对于非中国文学专业的读者来说，如果因为此书而生发出些许对横跨一个世纪的中国女学生冒险故事的兴趣，作为写作者的我会感到无比欢欣。

最后感谢我的家人。生前一直支持我的母亲，在老人院里正渐渐遗落了记忆的父亲，以及在照料父母工作上与我并肩作战的姐姐，谢谢你们。紧跟着任性的母亲一路走来的平太、风太，也谢谢你们。以及更重要的，是我的丈夫约瑟夫·中西裕树。我在拭干眼泪终于将论文打印出来的那个夜晚，他深夜一人开车去了神户中央邮局，为我在截止日期前寄出论文，谢谢你。不仅仅是那个夜晚，永远侧耳倾听我脑中浮现的思绪，并为爱惹麻烦的我想出解决之道的丈夫，谢谢你。

2021年9月